KB125680

모든 일에는
용기가 필요해요

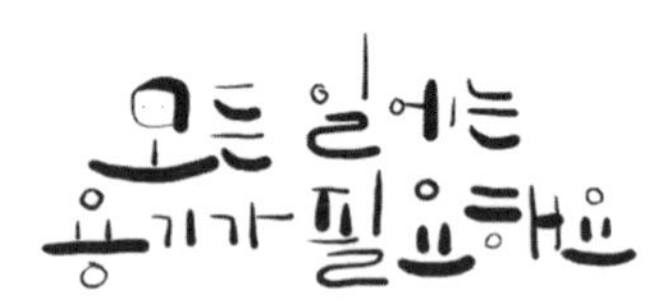

초판 1쇄 발행 2023년 5월 27일

글 · 사진 금해 스님
발행인 권선복
편집 한영미
캘리그라피 이윤아(한국캘리그라피디자인센터 소속작가)
디자인 김소영
전자책 서보미
발행처 도서출판 행복에너지
출판등록 제315-2011-000035호
주소 (157-010) 서울특별시 강서구 화곡로 232
전화 0505-613-6133
팩스 0303-0799-1560
홈페이지 www.happybook.or.kr
이메일 ksb6133@naver.com

값 20,000원
ISBN 979-11-92486-77-2(03810)

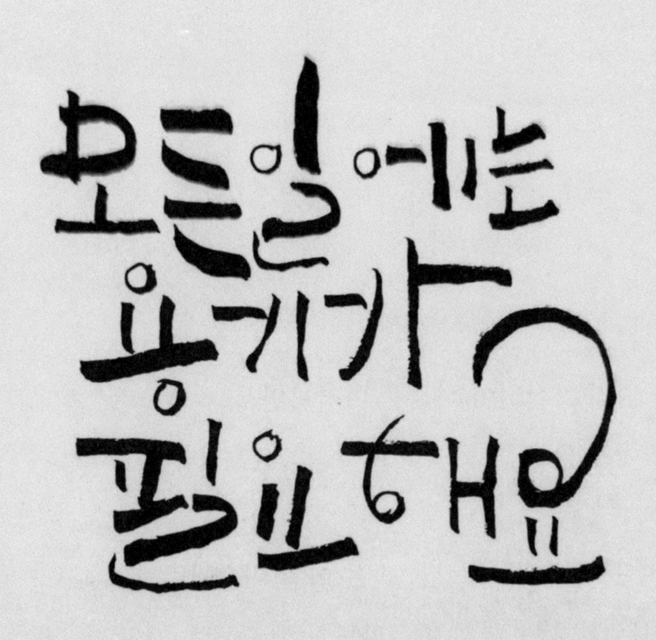

금해 스님 인연 숲 보물찾기

도서출판 행복에너지

책을 내며

짧은 삶, 긴 이야기를 전하며…

여든을 넘긴 보살님이 하늘을 바라보면서,
삶이 이렇게 짧을 줄 몰랐다고 말씀하셨습니다.

흘러가는 구름처럼, 햇살을 받은 아침 이슬처럼,
번개 치는 것처럼, 부서지는 파도처럼…
10년의 삶도, 백 년의 삶도 돌아보면 짧습니다.
한걸음에 뛰어넘어 온 것처럼.

그 속에서 만들어 온, 삶의 긴긴 이야기가 가르침을 줍니다.
함께 기뻐하고, 슬퍼하고, 고통을 나누며
마침내 그를 안아주고, 손 잡으면서 그의 어깨를 토닥일 때
그 이야기들이 저의 수행과 기도가 되었습니다.

무허가 지역에 있는, 작은 토굴이었던 우리 절 관음선원에서는
모두가 얼굴 맞대고 사는 한 가족 같습니다.
점심 공양 때 들러서 인사 나누고

아이들은 학교 마칠 때나, 어머니와 다툴 때도
절에 와서 스님에게 투정합니다.
저는 품 안에서 자식을 키우는 것처럼,
모두가 겪는 세월을 함께 겪습니다.
한 사람에게 딸려있는 인연들은 무수히도 많아서
그의 만남과 이별, 사랑과 원망을
저도 같이 겪고 지켜보았습니다.
그러니, 천일야화처럼 그 기나긴 이야기가 끝없이 이어집니다.

청춘이었던 어머니들은 할머니가 되었고
손자, 손녀가 어느덧 어머니가 되어
모든 것이 꿈같이 지나갔습니다.
노보살님의 "삶이 이토록 짧다"는 말씀이
이제 내 입에서 나올 만큼
온 마음에 들어오는 시절이 된 것이지요.

이 책 속에는 저의 짧은 삶과 긴 이야기들이 있습니다.
제 삶에서 행복하거나 슬프거나 마음 아팠던 이야기들이,
며칠 동안 통곡했던 이야기들도
이제 여러분에게 들려드릴까 합니다.
그러나 그 이야기들은 삶의 영광이며 힘이 될 겁니다.
저에게 그랬던 것처럼.

저의 이야기가 그대에게 또 다른 삶이 되기를 바랍니다.
그래서 그대의 삶 속에서도 그저 그런 모든 순간이
가장 귀한 이야기로 가득하기를 바랍니다.
기쁨이든 슬픔이든, 지금 이 순간이 그대에게 가장 아름다운
시간이 되기를 바랍니다.

10년 또는 백 년이 지난 어느 날,
짧은 삶이었다고 돌아보는 그 순간,
삶이 여름 아지랑이처럼 흩어지는 그때,
나의 죽음이 선물이 되는 날
누구보다도 많은 이야기를 들려줄 수 있는 삶이어서
오히려 축복이었다고 미소 지을 수 있는 그대이길 바랍니다.

오늘, 깊은 수행으로 빛나기를 바랍니다.

금해 합장

목차

〔Chapter 3〕

봄과 여름 사이, 빛나는 우리

〔Chapter 4〕

오래오래 정성을 들이는 이유

[Chapter 5]

땅에서 넘어진 자, 땅을 짚고 일어나라

[Chapter 6]

하나가 모두이고 모두가 하나인 깨달음의 길에서

〔Chapter 1〕

호흡 한 번, 삶과 죽음의 인연

01

조건보다 풍요로운 마음이 진정한 선물

할머니를 따라 우리 절에 자주 오는 16개월 된 아기가 있습니다. 아직 말을 못 해서 부처님을 '아부'라 부릅니다. 법당에 들어서면 꼭 목탁을 치면서 절을 올립니다. 무거운 목탁을 겨우 잡고 일어서고 앉는데, 목탁이 바닥에 끌릴 지경입니다.

얼마 전, 뒷동산에 마애불을 봉안하는 불사가 있었습니다. 마애불의 무게 때문에 중장비가 동원되고, 절 마당도 어수선했습니다. 큰 장비 차가 움직일 때마다 바닥은 울퉁불퉁 파이고 흙은 구석구석에 쌓여갔습니다. 바닥 돌이 흩어져 있어서 걸음도 조심스러웠지요.

할머니와 아이도, 모두 함께 기도하며 마지막을 지켜보았습니다. 좌대가 놓이고, 마침내 불상 본체가 모셔졌습니다. 그제야 부처님 상호를 덮었던 천이 열리고 모두 환희로운 마음으로 합장했습니다.

할머니와 같이 있던 아기가 그 순간, 새로 모셔진 부처님 가까이 다가섰습니다. 그리고 갑자기 흙투성이 바닥에 무릎 꿇고 절을 올리는 것이었습니다. 그러고는 작은 두 손 모아 합장하고 한참을 앉아 있었습니다.

순간 모두가 움직임을 멈추었고, 감탄사가 흘러나왔습니다. 한 보살님이 나오시더니, 아기 옆에서 삼배를 올렸습니다. 대중들이 하나둘씩 흙바닥 그대로 삼배 올리기 시작했습니다.

겨울이지만 꽃 피어나는 봄날처럼 햇살 빛나고 따듯한 날이었습니다. 아이와 사람들의 얼굴에는 새로 모신 부처님 닮은 미소가 가득했습니다. 어느 여법한 법당보다도 더 여법하고 아름다웠습니다. 그 모습을 생각하면 지금도 환희롭습니다.

그날, 오랜만에 수년 전 선방에서 동안거를 보낼 때의 일이 떠올랐습니다.

겨울 눈 쌓인 가야산을 등산했는데, 높은 고개를 넘을 즈음에 얼음장 같은 거센 바람 때문에 큰 바위 뒤로 잠깐 몸을 숨겨야 했습니다. 사람 발자국도 사라진 그곳에서 눈 덮인 키 큰 마애불을 만났습니다.

그런데 놀랍게도 부처님 앞에 놓인 마지 그릇에는 하얀 눈이 소복하게 담겨 있었고, 옆에는 사탕과 귤 하나가 놓여 있었습니다. 어떤 공양물보다도 더 화려하고 정성스러워 보였습니다.

눈 쏟아지는 높은 산에서 지극한 마음으로 공양 올린, 만난 적도 없는 그를 위해 며칠을 기도 축원했었습니다. 그 공양물은 마음에 뚜렷하게 각인되어 있어서, 언제 어느 곳에서든 나 자신을 돌아보게 합니다.

이렇듯 순수하고 맑은 마음이 전하는 감동은 쉽게 잊히지 않습니다. 마음 그대로 드러내는 순수한 아기의 천진함이, 하얀 눈으로 올린 마지와 귤 하나가 우리를 감동시키고 변화시킵니다. 형식과 틀을 벗어남에도 오히려 더 강한 메시지를 전달합니다.

공양물, 기도 의식 등 모든 불사는 부처님을 향한 우리들의 마음을 드러내기 위한 표현 방법입니다. 세상의 모든 형식과 여러 의식, 규범들도 마음을 표현하는 방법이기는 마찬가지입니다. 그런 형식과 규범이 반대로 우리를 더 힘들게 하거나, 마음을 아프게 하는 전도된 상황도 많습니다.

정월달에는 인사할 곳이 많습니다. 어떤 분은 여건이 좋지 않아 가족조차도 보러 가지 않겠다며 마음 아파했습니다. 선물이나 형식, 조건에 너무 억눌려서 소중한 누군가를 만나는 일을 포기하지 않길 바랍니다.

오랜만에 만나는 이는 오랜만인 그대로, 가까운 이는 가까운 대로 마음을 전하세요. 꾸며진 것이 아니라 감사한 마음을 있는 그대로 전하는 기쁜 새해이길 바랍니다. 올해를 지나치면 어찌 될지 모르는 내년까지 기다려야 하니, 차라리 오늘이 좋습니다.

조건보다는 풍요로운 마음을 선물하시길 바랍니다. 그러면 흙투성이 바닥에서 삼배 올리는 아이처럼, 눈으로 마지를 올린 누군가처럼 모든 형식과 관념을 뛰어넘을 겁니다.

진흙 속에 피어나는 연꽃처럼, 타는 듯한 메마른 삶 속에서도 걸림 없는 여유로움이 생길 겁니다. 그리고 상대에게도 연꽃이 피어나게 할 겁니다.

02

나를 성장시키는 마음

다른 사람을 이해하고 공감하는 마음은 우리를 성숙하게 합니다. 몸은 나이에 따라 저절로 자라고 곧 성장을 멈추지만, 마음은 삶의 경험을 통해 죽을 때까지 증장(增長)하기를 멈추지 않습니다.

그렇기에 몸과는 달리 마음은 무궁한 가능성을 갖고 있으며, 가능성의 실현 정도는 사람 따라 천차만별입니다. 성장이 아니라 오히려 타락하는 경우도 있으니까요.

상황이나 사람을 대하는 모습을 보면 그의 마음이 얼마나 성숙한지 가늠할 수 있습니다. 그래서 몸은 어른인데 아이 같은 이가 있고, 반대로 어른 같은 아이도 있습니다.

새해맞이 기도로 매년 1월이면 삼천 배를 올립니다. 방학 중이라 어린이, 청소년 법회 아이들도 참석합니다. 형과 동생들이 서로 어울려 격려하면서, 어른들의 칭찬 들으며 절하다 보면 어느새 삼천 배를 성취합니다. 하지만 이렇게 모두 함께해도, 10시간에 이르는 힘든 과정은 온전히 자신의 것입니다.

올해 3번째 삼천 배에 도전하는 고등학교 1학년 남자 법우가 공교롭게도 학원 공부 시간과 겹쳤습니다. 하지만 어느 것도 포기하지 않고, 혼자 철야를 하기로 결정했습니다.

모든 이들의 삼천 배가 끝난 밤 10시에 시작해 새벽 6시가 되어서야 마무리하고, 스님에게 삼배를 올리겠다며 눈물 글썽이는 아이를 보니 '장하다' 하며 안아줄 수밖에 없었습니다.

기도 가피는 수없이 많지만, 그중에서 가장 큰 가피는 온갖 번뇌를 끊고, 자신과의 외로운 싸움을 이겨낸 힘을 얻은 것입니다. 앞으로 그에게 어떤 일이 일어난다 해도 홀로 삼천 배를 성취한 힘이라면 두려울 것이 없을 겁니다.

그 후, 아이는 며칠 동안 거의 움직일 수 없었다고 합니다. 지하철을 타러 가는데 얼마나 아픈지 엉금엉금 걷고, 계단도 뒤로 내려가야 할 정도였지요. 지하철이 눈앞에 보이는데도 달려갈 수가 없어서 세 번이나 그냥 보내야 했습니다. 버둥거리는 자신을 쳐다보는 타인의 시선이 너무도 곤혹스러웠습니다.

그러는 동안 어느새 장애를 갖고 있는 사람들이 얼마나 고통스러울까 생각하고 절실하게 이해하게 되었습니다. 그 후, 다른 사람들의 불편함을 보면 그냥 지나치지 않습니다. 짐을 들어주거나, 길을 같이 걷기도 하며 자신이 할 수 있는 일을 상대가 불편하지 않도록 자연스럽게 베풀 줄 알게 되었습니다. 그리고 본인도 그 행동을 쑥스러워하지 않게 되었지요.

올해, 청소년 겨울명상 템플스테이 프로그램 중에 파트너의 눈을 가리고 길을 인도하는 시간이 있었습니다.

아이들은 보이지 않는 것에 대한 두려움과 보일 때의 자유로움을 동시에 알게 됩니다. 또한 자신을 인도해준 파트너에게 무한한 신뢰와 감사의 마음을 저절로 일으킵니다. 그리고 눈을 가린 상대를 인도하게 될 때 매우 주의 깊게 배려하며 길을 안내합니다. 체험하기 전후가 완전히 달라집니다.

성숙한 사람일수록 많은 이들을 포용합니다. 다른 이를 이해하고 동감하는 마음이 클수록, 배려하는 행동의 반경도 커집니다. 자신만 알고 집착하던 마음 대신 타인을 생각하는 성숙함이 자리 잡습니다. 그래서 감정에 휘둘려 싸우거나 고집피우는 대신 상대의 말에 귀를 기울이고, 생각을 나누며 화합하는 방법을 찾아냅니다.

불교의 마음공부는 끊임없이 '자신'을 관하도록 합니다. 그런데 수행할수록, 오히려 '상대'를 나의 마음처럼 잘 이해하고 공감하게 만드는 특별한 결과를 가져옵니다. 수행이 완전해질수록 이기심 없는 중생제도의 마음이 더욱 증장하고 활발해지는 이유이기도 합니다.

마침내 언젠가는 부처님처럼 온 중생을 향한 한없는 자비심으로 더욱 풍성해질 겁니다. 삶의 모든 순간, 모든 행위에서 자신의 성찰을 통해 남을 볼 줄 아는 힘이 생기면 우리의 마음은 모든 순간 성장합니다.

이 생의 마지막까지, 이 마음을 얼마나 증장시킬 수 있을지 무척이나 궁금하지 않습니까?

03

삶과 죽음을 벗어난 진리를 아는 기쁨

교통사고로 20대의 젊은 아들을 잃은 거사님이 있습니다. '아들'이란 말만 들어도 새까맣게 타들어 가고, '죽음'이란 단어만 보아도 그 길을 따라가고 싶어지는 아버지입니다. 세월 지나면서 조금씩 숨 쉬어가며 살아가지만, 슬픔이 완전히 사라지는 것은 아닙니다.

우리 절에서 처음 시작한 불교 공부는 이토록 깊은 어둠에서 빛으로 끌어내고, 새까만 가슴에 숨 쉴 수 있는 공간을 만들어 주었습니다.

늦은 퇴근 시간에도 부지런히 참석합니다. 조금씩 진리에 눈뜨면서, 부처님 가르침 만난 인연이 최상의 행운이라고 말할 정도입니다. 그리고 어느 순간, 교통사고를 낸 가해자인 운전자를 용서한 자신을 보게 되었습니다.

그것은 아버지로서 자식을 지키지 못한 스스로를 용서하는 것과 같은 것임을 압니다. 여전히 슬픔은 남아 있지만, 지독한 원망에서 벗어남은 새 삶을 살아갈 수 있도록 해주었습니다. 그래서 아주 드물게, 환하게 웃는 거사님을 보면 제가 더 행복합니다.

대구에 살고 있는 노보살님은 거의 20여 년을 남편 병간호를 했습니다. 마지막 몇 년은 거의 움직이지 못하는 남편을 끌어안고 통곡하는 일이 대부분이었습니다. 요양원에 모신 이후에는 매일매일 남편을 만나러 갔습니다. 평생을 함께했던 부부의 마지막 순간, 보살님은 뼈만 남은 앙상한 남편의 손을 잡고, 귓가에 "평생 사랑했고 감사하며, 다음 생에 우리 다시 부부로 만납시다"라고 다정하게 속삭였습니다.

보살님의 삶을 알고 있는 모두가 울었습니다. 오랜 고통을 끝내고 미소 지으며 삶을 마감하는 남편 역시 가장 평화로운 얼굴이었지요.

49재 후 노보살님은 "간병하는 20년 동안, 일주일에 한 번 불교대학에서 공부하지 않았다면 남편을 간호하지도, 원망과 고통으로 끝까지 사랑하지도 못했을 겁니다. 어쩌면 남편보다 내가 먼저 죽었을지도 모르지요"라고 말했습니다. 부처님 가르침 배운 일이 평생 가장 잘한 일이고, 자신을 살아 있게 한 최고의 선택이라고 했습니다.

이후 여러 해가 지난 지금도 거사님이나 노보살님 모두 불교 공부를 계속하고 있습니다.

사찰뿐 아니라 병원 등 여러 곳에서 봉사하며 즐겁게 감사하며 지냅니다. 또한 집안의 어른으로서 가족들의 존경과 사랑을 받으며 주변 인연들도 평화롭고 행복하게 살펴줍니다.

진리를 안다는 것은 삶을 완전히 바꾸는 일입니다.

생로병사(生老病死)의 숱한 일을 겪지만, 고통에 빠지지 않고 마음에 원결을 맺지 않는 지혜를 갖게 해줍니다. 삶은 기쁜 시간들로 채워지고, 베푸는 선행이 이어집니다.

또한 좀 더 일찍 불교 공부하지 못한 것을 아쉬워합니다. 그래서 다른 사람들에게 불교 공부하기를 권하지만, 살기 바쁘다며 거절합니다. 하지만 실제 일에 집중하는 시간보다 번뇌로 시간을 보내는 경우가 더 많습니다.

진리를 아는 사람은 감정의 흐름, 번뇌의 소비적인 반복에서 벗어나 명확하고 빠른 판단으로 삶을 허비하지 않습니다. 아들을 잃은 아버지, 20년 간병하는 아내, 큰일을 겪은 사람들뿐 아니라 마음 쓰는 우리 모두가 공부해야 할 진리의 가르침입니다.

어떤 상황이든 반드시 꼭 불교 공부를 해야 합니다. 2500년 전의 역사 공부, 옛 선사들의 좌탈입망(坐脫立亡) 이야기가 아니라 현재 우리의 삶과 죽음에 관한 공부이기 때문입니다.

항상 진리를 가까이 두시길 바랍니다.

04
결과에 대한 두려움이 없는 삶

봄꽃이 피어나는 시절입니다. 붉은 매화꽃이 서울 끝자락 우리 절에서도 화사한 모습을 자랑합니다. 겨울 내내 힘을 모았다가 꽃을 피우고 열매를 맺을 때까지 부지런히 자신을 키울 것입니다.

하지만 모든 꽃이 다 튼튼한 열매를 갖지는 못합니다. 어떤 봉오리는 꽃을 피우지도 못한 채 떨어지기도 하고, 어떤 꽃은 열매를 맺지 못하기도 하고, 열매는 과실이 되지 못하기도 합니다. 그렇지만 나무에게 어느 것 하나도 무의미한 것은 없습니다.

7년 전, 우리 절에서 몇 개월을 행자로 지낸 보살님이 있습니다.

불교 공부하면서 출가하려는 마음을 내고, 본사 행자로 들어가기 전이었지요. 승려로서 기본적인 습의와 염불, 목탁 등을 지도해 주고 기초 교리와 기본 경전에 관한 공부도 했었습니다. 본사로 가면서 헤어진 후에는 따로 찾아보지 않았습니다. 심성이 따뜻하고 심지가 곧아서 좋은 스님이 되었으리라 생각할 뿐이었지요.

그런데 몇 년 후, 속퇴한 모습으로 찾아와서 깜짝 놀랐습니다. 많은 이야기를 나누었지만, 결국 보살님의 생각을 받아들였습니다. 출가보다 더 큰 결단이었을 테니까요. 그 후, 보살님은 학원 강사 생활을 하며 열심히 살고 있습니다. 고마운 것은 옛정을 잊지 않고 꾸준하게 안부를 전해주는 것입니다.

며칠 전에는 갑자기 우리 절을 방문했습니다. 기도와 사찰 소임으로 바빠서 인사도 제대로 하지 못한 채, 서로 얼굴만 보며 눈인사했습니다. 저녁 공양 시간이 되어서야 겨우 마주 앉았습니다. 잠깐의 출가 인연을 소중히 여기며, 고운 시선으로 바라보는 눈동자가 제게 큰 기쁨을 주었습니다. 직장생활의 스트레스와 사람들과의 문제를 불교 공부와 수행으로 풀어가려는 노력이 참으로 대견했습니다.

식어버린 밥, 겨우 몇 가지 반찬에도 마음 따끈따끈한 공양이었습니다. 그리고 둘이 마주 앉은 저녁 참선 시간은 풍경소리 가득 흘러내리는 특별한 순간이었습니다.

그가 승복을 입었든 입지 않았든, 달라진 것은 아무것도 없었습니다. 오히려 삶의 수행으로 더 깊어진 그를 만날 수 있었지요. 다음 날 아침 이별할 때 보살님이 말했습니다.

"출가 시절 공부했던 힘이 저를 더 열심히 살도록 해주었어요. 그 시절이 있어서 삶의 어떤 순간도 두렵지 않고, 더 행복합니다. 항상 감사합니다."

삶에서 어떤 일을 할 때, 크든 작든 우리는 오래도록 고민하고 선택합니다.

하지만 항상 원하는 결실을 얻지는 못합니다. 하지만 그 '결실'은 끝이 아니라, 곧 다음 순간의 '과정'이 됩니다. 그렇기에 순간의 결과를 두고 삶의 성공과 실패를 말하는 것도, 삶의 모든 것이 결정된 듯 포기하는 것도 맞지 않습니다. 실패였다고 생각했던 결과가 오히려 힘이 될 때도 있습니다.

큰 사업을 하던 한 노거사님은 IMF로 모든 것을 잃고 노숙자처럼 사찰에서 5년을 지냈다고 합니다. 사람들은 그를 실패한 사업가로 기억했습니다. 이후 다시 사업을 시작할 때는 아무것도 없었지만, 더 즐기며 살게 되었다고 합니다. 절에 사는 동안 욕심을 버리고 나눌 줄 아는 방법을 배웠기 때문이라고 했지요.

같은 시절 사업을 했던 친구들 대부분이 여러 가지 병과 우환으로 세상을 떠났지만, 지금 나이 아흔이 되어가는 노거사님은 등산을 즐길 정도로 건강하고 통찰력이 있으며 환한 미소를 갖고 있습니다.

가득 피어나는 꽃, 바람결에 날리는 꽃잎들을 보며 본래의 나무를 칭찬합니다. 꽃 피워내고 떠나보내는 나무는 한 해 동안 그렇게 자라날 겁니다.

우리의 삶도 같습니다. 결과와 상관없이, 삶의 순간순간 노력하는 과정 자체가 기쁨과 성장을 주며, 삶의 의미가 됩니다. 죽음도 다음 삶의 과정일 뿐이라 생각하면 두렵지 않습니다.

모든 순간, 결과에 대해 너무 깊이 생각하지 말고, 무엇이든 도전할 수 있는 용기를 내시길 바랍니다.

05

육신의 병, 마음의 병

지난 겨울, 아버지와 딸이 절에 올라왔습니다. 딸은 20세가 넘었지만, 2세 정도의 지능으로 혼자서는 아무것도 하지 못하는 장애가 있습니다. 거사님 역시 오랜 세월 딸을 돌보면서 생긴 여러 가지 병으로 힘들어합니다.

단발음의 소리를 지르며 의사를 표현하는 딸과 그 뜻을 알아듣고 챙겨주는 거사님은 이후에도 종종 법당이나 도량에 앉아 있다가 갔습니다.

절 일을 함께할 때면, "조금이라도 복이 되어서 우리 딸이 다음 생엔 잘 태어났으면 좋겠다"라며 더 열심히 합니다. 딸이 쉴 만한 여유 방 하나 없는 작은 절이라 안타까워서 좀 더 큰 절로 가보시라고 권해도 씁쓸히 웃기만 했습니다.

나중에서야 조심스럽게 이야기해 주었습니다. 사람들이 딸을 불편해하고, 싫어한다고 합니다. 어느 절, 노보살님이 딸을 향해 심하게 욕하는 것을 본 이후로, 절에 가는 것이 더 어렵다고 했습니다. 요즘 우리 절에 다니면서 딸이 많이 좋아졌다며, 다른 절에 가라는 말은 하지 말아달랍니다. 그 순간 거사님의 신심과 마음 상처를 보았지요.

생로병사 속에서 크고 작은 병고는 끊임없이 찾아옵니다. 아플 때는 오직 자신의 고통만 보입니다. 암에 걸린 타인보다 감기 걸린 자신의 병이 더 중한 것처럼, 주변을 둘러볼 여유조차 없습니다. 그런데도 자신의 아픔을 두고 다른 사람의 고통을 살펴본다는 것은 놀라운 일입니다. 부모가 자식을 돌보는 사랑이 그렇습니다. 자신보다 자식의 고통이 더 아픕니다.

몸이 아픈 사람은 병원에 다니며 수술이나 치료, 약을 복용하며 낫기 위해 온갖 노력을 다합니다. 하지만 마음이 아픈 사람은 나으려고 노력하지도 않을뿐더러 스스로 병을 인정하지도 않습니다. 마음 아픈 사람은 모든 문제를 다른 사람 탓으로 여기고, 상처를 줍니다. 사회의 크고 작은 사건들도 마음의 병으로 인한 것이 더 다양하고 두렵습니다. 결과적으로 몸이 아픈 사람보다 마음이 아픈 사람이 훨씬 더 위험하지요.

마음이 건강하다는 것은 스스로 행복하고 다른 이들도 행복하게 하는 것입니다. 우리는 자신의 마음이 얼마나 건강하다고 생각합니까? 마음 건강에 얼마나 노력하고 있습니까?

마음 건강에 가장 좋은 치료법은 부처님 가르침대로 수행하는 것입니다. 수행은 나와 남을 모두 이롭게 하고 행복하게 하는 길이니, 곧 마음 건강을 회복하는 일입니다. 세상 어떤 일보다 중요한 일이 바로 마음을 살펴보고, 더욱 건강해지도록 노력하는 일입니다.

종교생활을 30년을 했다 해도, 자신의 신구의(身口意) 삼업(三業)으로 다른 사람을 아프게 하고 상처를 준다면 그는 성인의 가르침을 따르는 제자가 아닙니다. 오히려 탐욕과 분노, 어리석음으로 업을 쌓으며 시계추처럼 오가고 있을 뿐입니다. 자신의 아집을 버리고 어느 누구를 만나든 따뜻하게 배려하고 행복하게 해줄 수 있는 사람이 되어야 합니다.

육체적인 병으로 고통받지만 봉사하고자 애쓰는 딸과 아버지, 절에서 큰 보살이라 자랑하면서 타인을 무시하고 화내고 욕하는 노보살님. 누가 더 아프고 누가 더 장애가 있는 걸까요? 우리도 혹여 그렇게 하지는 않습니까?

딸이 회복 치료를 받는 날이면, 거사님은 혼자 절에 와서 법당 마루턱에 앉아 먼 산을 볼 때가 있습니다. 외로운 듯 보이지만, 한없이 편안해 보일 때도 있습니다. 저는 우리 절과 인연한 시절만이라도 편안하게 머물다 가기를 바라며 기도합니다.

절에는 아픔을 쉬러 오는 이들이 많습니다. 그러한 이들이 더 편안할 수 있도록 배려하며 맞이하는 것이 불제자의 모습일 것입니다.

모든 중생을 향한 자비심과 기쁨으로 항상 미소 지을 수 있도록, 마음이 더욱 건강하도록 수행하길 바랍니다. 무량한 자비심으로, 변치 않는 미소로 우리를 맞아주시는 부처님처럼.

06

만물의 생명을 쓰는 삶

오래된 부실한 옷장이 못 쓰게 되어 새 가구를 맞추었습니다. 아예 붙박이로 만들어 여러 용도로 쓸 수 있도록 주문했습니다. 그런데 전혀 다른 모양의 가구가 들어왔습니다. 방에도 잘 맞지 않아서 돌려보내려니, 맞춤 가구라 다른 곳에는 쓸 수 없어 그냥 버려야 한답니다. 고민하다가 불편하더라도 그냥 쓰기로 했습니다. 옆에서 지켜보던 거사님이 화를 내었습니다.

"스님, 상대의 잘못이니, 취소하고 다시 만들어 오게 하면 됩니다. 왜 돈 주고 마음에 들지 않는 것을 쓰려고 하십니까?"

"그래도 되지만, 가구가 무슨 잘못이겠습니까? 돈 주고 샀지만, 가구가 된 몇백 년 된 나무의 목숨값은 포함되어 있지 않습니다. 그러니, 맞지 않다고 어떻게 그냥 쓰레기가 되게 하겠습니까? 나무를 생각해서 끝까지 잘 써주어야 조금이나마 그 목숨값을 갚는 게 아니겠습니까?"

거사님은 뜬금없는 나의 대답에 말을 잊었는지, 그저 바라보기만 했습니다.

어느 보살님이 절에 흔들의자를 선물했습니다. 아주 튼튼한 원목으로 잘 다듬어진 멋진 의자였습니다. 절에 오시는 분들이 즐겨 사용하는 안락한 자리가 되었지요.

사실 이 흔들의자는 보살님 집 근처에 버려져 있던 것이었습니다. 오래되었지만 멋진 의자를 보는 순간, 보살님은 발길을 돌리지 못하고 무거운 의자를 끙끙 끌고서 아파트 집까지 가져왔습니다. 얼마나 무거운지 팔이 끊어질 듯했습니다.

가족들은 그런 보살님을 타박했지만, 십여 일을 사포로 때를 벗겨내고, 떨어진 곳을 고쳐서 칠을 해 새것처럼 만들었습니다. 같은 물건이라도 사용하는 사람에 따라서 완전히 가치가 달라집니다.

이 세상에 수없는 물건들이 매일매일 헤아릴 수 없이 만들어지고, 또 버려집니다. 작은 연필부터 옷, 용품이나 음식들까지 우리들의 의식주(衣食住)에 쓰이는 것은 수없이 많습니다. 우리는 자기 돈으로 샀기 때문에 내 것이며, 내 마음대로 할 수 있다고 생각합니다. 쉽게 사고, 쉽게 버립니다.

하지만 우리가 지불한 것은 재료비, 인건비, 유통비 등의 인간 중심으로 매겨진 값일 뿐, 가장 근원인 생명의 목숨값은 없습니다. 채소, 생선, 가축은 물론이고 나무나 돌, 금속조차도 각자의 생명, 삶이 있습니다. 우리가 지불한 금액에서 이들의 한 달이나 1년, 또는 백 년, 천 년의 생명 값은 없습니다.

필요한 물건을 쓰지 않을 수는 없습니다. 대신 인연이 된 것은 최대한 소중하게 아끼며, 수명까지 잘 사용해야 합니다. 그

것이 생명에 대해 조금이라도 갚는 길이 될 겁니다.

가구 때문에 화를 냈던 거사님은 떠나갈 때쯤에야 생각이 정리된 듯했습니다.

"내가 손해 보면 안 된다는 생각 때문에 다투기도 많이 했는데, 만물의 입장에서 나의 손익(損益)은 아무것도 아니네요. 공부 열심히 해야겠습니다."

며칠 후에는 가구 사장님이 절에 필요한 작은 책장을 하나 만들어 왔습니다. 그러고는 미안하고 감사하다며 인사를 했습니다.

"스님, 지금까지 30년 동안 가구를 만들었습니다. 나무의 목숨이 달린 일이라 생각하니 내 일이 전혀 달라 보입니다. 앞으로는 책임을 갖고 신중하게 일해야겠습니다."

친하거나 멀거나, 약한 것이거나 강한 것이거나 모든 생명은 다 소중합니다. 주변의 모든 것을 생명으로 본다면 세상은 더 값지고 귀한 존재들로 채워질 것입니다. 또한 자연을 해치는 행위들은 멈출 것입니다.

우리가 지켜내는 아름다움은 더욱 풍요로운 세상으로 돌아올 것입니다. 곁에 있는 낱낱의 모든 생명을 아껴주시길 바랍니다.

07

중생을 향한 대승 보살의 발원

하룻밤 새 내린 집중호우로, 절 주변에 물길이 생기더니 토사가 쏟아졌습니다. 아는 사장님이 몇 사람 일꾼을 급히 데리고 왔습니다.

1시간 뒤에, 사장님이 가게 일로 자리를 비우자 일꾼들의 본래 모습이 드러나는데 그 모양이 가지각색이었습니다. 이리저리 왔다 갔다 하거나, 끼리끼리 모여 이야기면서 사장님이 올 때까지 일이 되지를 않았습니다. 그리고 정확히 오후 5시가 되자 장비를 정리하고 떠났습니다.

반대로 우리 절이 걱정되어 새벽에 올라 온 신도님들은 잠깐도 쉬지 않고 흙을 치우고 쓰레기를 정리했습니다. 다음날 또 큰 비가 온다고 하니, 절에 피해가 생길까 봐 걱정되어서 늦은 시간까지 울력해서 결국 마무리했습니다. 아마 신도님들이 아니었으면, 며칠이 지나도 일을 마치지 못했을 겁니다.

같은 일을 하는데, 정반대의 상황이 생기는 이유는 무엇일까요?

우리는 보통 돈을 받는 쪽이 더 열심히 일할 것이라고 생각합니다. 그런데 상황은 오히려 반대입니다. 돈을 받기 때문에 그가 일한다고 생각하지만, 돈이 사람의 마음까지 움직이지는 않기 때문입니다.

돈을 받는 사람보다 봉사하는 사람이 더 열심히, 더 많은 일을, 더 열정적으로 하는 것을 보면 돈이란 명분은 우리가 생각하는 것보다 훨씬 미미한 영향을 줄 뿐입니다.

스스로 찾아와 돕는 봉사자들은 불가사의한 힘을 갖고 있습니다. 누군가 알아주지도 않고, 어떤 대가도 없지만, 사찰의 일을 자신의 일처럼 자기 집안일처럼 나서서 살펴줍니다. 뜨거운 햇빛 속에서 땀 흘리며, 익숙지 않은 노동을 기꺼이 하지요. 아마 돈으로 천만금을 준다 해도 이렇게 열심히 하지는 못할 겁니다.

불자라면 상구보리 하화중생(上求菩提 下化衆生)이라든가 육바라밀, 사무량심, 사섭법 등의 기본적인 교리에 대해 듣습니다. 특히 불교 공부를 꾸준히 하거나, 포교사, 전법사 등의 여러 가지 자격을 갖추는 시험을 치를 때에는 더 많은 교리를 만납니다.

모든 가르침 끝은 중생을 제도하는 것에 도달합니다. 그렇기에 불법을 공부할수록 중생을 향한 자비심이 증장되며, 그의 공부 깊이는 곧 그의 자비행과 비례합니다. 자비심이 저절로 우러나서 상대의 일을 나의 일처럼, 나의 고통처럼, 나의 즐거움처럼 하나로 느낍니다. 불법이야말로 가장 아름다운 베풂의 설법입니다.

경비 일을 보는 어느 거사님은 주말마다 장애우 센터에 가서 봉사합니다. 아이들의 빨래나 청소, 목욕시키는 일 등 단순하면서 육체적인 일이 많았습니다. 첫날에는 온몸이 맞은 것처럼 아팠다고 합니다.

개인사나 회사 일이 생기면 못 가게 될 때도 있었습니다. 그런 날이면 몸은 편하지만, 일주일 내내 찜찜했습니다. 이후에는 무슨 일이 있어도 봉사를 빼먹지 않습니다. 장애우를 돕는 것이 아니라 자신의 기쁨을 위해 하는 일이라 생각하며, 기꺼이 동참하며, 그 시간을 매우 소중하게 여깁니다.

그의 동료가 "직장에서도 인기 있고, 고객들로부터 항상 칭찬받는 사람"이라며 거사님을 자랑했습니다. 고객의 마음을 잘 이해하고, 자기 일처럼 도와준다고 합니다.

거사님은 "직장에서 일하면서 봉사할 때의 기쁨을 가지려고 합니다. 그러면 제가 더 즐겁고 기쁘거든요"라며 쑥스러워했습니다.

봉사를 즐겨하는 사람은 일터에서도 봉사할 때처럼, 돈과 상관없이 움직입니다. 일을 즐길 줄 알며, 상대의 기쁨으로 기쁨을 삼을 줄 압니다. 그 마음이 상대에게도 전달되는 것이지요. 이렇게 자신을 즐겨 베푸는 거사님은 놀랍게도 무교입니다. 종교 없이도 기쁘게 베풀 줄 아는 사람이 많습니다.

하물며 중생제도를 발원하는 대승 보살의 가르침을 받는 우리 불자들은 두말할 것 없습니다. 이유 없이, 조건 없이, 차별 없이 언제 어디서나 행복하게 베풀 수 있기를 발원하세요.

08

호흡 한 번, 삶과 죽음의 인연

돌아가신 영가를 위한 백중 우란분절 기도가 있는 용맹정진 기간, 하안거입니다. 또한 어린이, 청소년 등 여러 템플스테이가 있는 삶의 에너지가 넘쳐나는 계절이기도 합니다. 그래서인지 이맘때면 삶과 죽음에 관한 생각이 더욱 깊어집니다.

오랜 인연 중에 백중 기도 기간에 돌아가신 보살님 두 분이 생각납니다. 두 분은 젊은 시절부터 함께 신행 생활을 한 도반이었고, 우리 절에서 불교 공부를 시작했습니다. 불교 공부를 너무 늦게 시작했다며 안타까워했지만, 그만큼 열렬히 공부했습니다.

첫 수업에 3명이 입학했는데 그중 한 분이 바로 이 보살님이었습니다. 보살님은 말없이, 어머니처럼 절 살림을 구석구석 도맡아서 해주었습니다. 신도는 없는데, 어린이 법회부터 매일 끊임없이 법회를 보는 스님이 안타까워 발을 돌리지 못할 정도로 자비심이 많았습니다.

그런 보살님에게 시아버님이 계셨는데, 성격이 별나서 가족도 견디기 힘든 어른이었습니다. 특히 며느리에게 더 심했습니다. 그런데도 보살님은 시아버님을 끝까지 모시며 마음 상하지 않도록 손과 발이 되어주었습니다.

어느 날, 보살님은 잘 낫지 않는 감기로 병원에 들렀다가 암 말기 진단을 받았습니다. 그리고 짧은 간병 기간 후 눈을 감았습니다. 많은 이들이 시아버님을 탓했습니다. 평생의 원수였다고 누군가는 말했습니다. 그런데 불과 6개월 뒤, 연세 많았지만 건강했던 그 시아버님이 돌아가셨습니다. 정작 마음 아파 뜨거운 눈물 흘렸던 우리들은 모두 남았는데 말입니다.

인연이란 것은 얼마나 많은 의미를 갖고 있는가 생각합니다. 지금 보고 있는 것, 느끼는 인연들을 우리는 얼마나 이해할 수 있을까요?

도반인 다른 한 보살님 역시 불교 공부로 인연을 맺었습니다.

경전 배우는 것이 이렇게 좋은 줄 몰랐다며, 때 늦은 불교 공부를 특히나 즐거워했습니다. 몸이 약해 어지러움이 많았는데도 삼천 배나 철야기도 등에 빠지지 않았습니다. 나중에는 무문관 수행을 한 달 동안이나 다녀오기도 했습니다.

보살님은 평생 동안 어려운 일을 여러 번 겪었는데, 많은 재산을 은행 부도로 잃기도 했습니다. 한동안 연락이 없다가, 암에 걸렸다며 전화가 왔습니다. 몸이 약해서 항암치료를 받지 못했고, 그 사실을 있는 그대로 받아들였습니다. 아무도 만나지 않는데 오직 스님이 생각난다며, 보고 싶다고 얘기했습니다.

보살님은 삶의 모든 장애를 이겨내고, 이 순간 편안한 마음으로 있는 것은 오직 부처님 덕분이라 말했습니다. 그리고 자식들보다는 곁에 말없이 서 있는 남편을 걱정했습니다. 평생 일한 적이 없고, 사람들과 교류한 적 없이 혼자 참선하거나 불교 수행만 했던 남편이었습니다. 모든 이들이 무능력하다며 남편을 미워하는데, 자기가 없어지면 어떻게 살지 걱정했지요.

그런데 놀랍게도 남편인 거사님이 집 거실, 평소 참선하는 의자에서 먼저 세상을 떠났다는 소식을 들었습니다. 그리고 몇 시간 뒤, 기다린 듯 보살님이 임종했습니다. 부부는 그렇게 하룻밤 사이를 두고 함께 떠났습니다.

사람들은 보살님의 죽음에 대해 평생 아내를 고생시킨 무능력한 남편을 탓했습니다. 하지만, 저는 모든 것을 해결한, 세상에서 가장 편안한 부부를 보았습니다.

타인의 삶과 죽음의 순간, 우리는 그의 삶과 죽음에 대해 무엇인가를 판단합니다. 하지만 억겁으로 이어져 오는 인연에 대해, 지금 우리가 판단할 수 있는 것은 아주 작은 부분일 뿐입니다. 양극단에 있는 듯한 삶과 죽음이 사실 호흡 하나로 달라지는 가장 가까운 것입니다.

일상에서 보는 모든 삶과 죽음은 나의 삶과 죽음으로 관해야 합니다. 그것이 깨어 있는 수행자의 삶일 것입니다. 신심 깊은 두 보살님의 삶과 죽음이 저를 항상 깨어 있게 하는 것처럼 말입니다.

오늘, 백중 기도 중에 밖에서 뛰어놀던 아이들이 들어와, 영단에 잔을 올립니다. 이렇듯 한 호흡 사이를 뛰어넘어 삶과 죽음이 하나가 되는 찬란한 우란분절이길 발원합니다.

09

글과 말, 그에 따른 행동

어느 비구니 스님을 만났는데, 선물로 직접 쓴 책 한 권을 드렸습니다. 첫 만남의 기념이 될 만한 좋은 것이라 여겨 그렇게 했지요.

다시 만난 날, 스님은 책 이야기를 했습니다. 내용이 좋아서 자신을 돌아볼 수 있는 시간을 주고, 특히 글과 함께 있는 사진이 무척 마음에 든다고 했습니다. 칭찬을 듣다가 "책에서 느끼는 마음으로 일상의 저를 보면 크게 실망할지도 모른다"라며 웃었습니다. 이 마음은 실제 제가 경험한 일이었습니다.

저는 어릴 때부터 책 읽는 것을 무척 좋아했습니다. 만화책에서부터 고전 문학까지 가리지 않고 다 읽는 편이었습니다. 그때는 존경하는 시인, 소설가, 만화가가 많았는데 나이 들면서 어느덧 다 잊혔습니다.

최근에 매우 존경했던 시인 중 한 분의 부부 이야기가 텔레비전에서 나오는 것을 보게 되었습니다. 그런데 시만 쓰면서 여러 여인을 사랑하며 한량으로 살았던 그분 때문에 평생 고생한 이야기를 털어놓으면서, 아직도 옛일에서 벗어나지 못하는 늙고 지친 아내의 모습이 큰 충격으로 다가왔습니다. 저는 스스로 '내가 왜 이런 충격을 받는가' 하고 고민했습니다. 그의 시를 통해 아름다운 시인의 마음을 상상하고, 그의 삶을 형상화했던 사춘기 때의 마음을 아직도 갖고 있었음을 알았습니다. 그리고 너무도 다른 현실의 모습에 충격받았던 것입니다. 그것을 수십 년이 지난 지금에야 알아차린 것이지요.

요즘에는 직접 만나는 사람보다, 여러 매체를 통해 간접적으로 만나는 이들이 더 많습니다. 상대는 나를 모르지만, 나는 친근하게 느끼는 인연들입니다. 연예인이나 정치인, 사업가 등 유명한 사람들을 볼 때 우리는 그의 아름다운 모습, 말이나 글, 업적으로 그의 삶을 상상합니다. 그를 모델로 삼고, 자신도 그렇게 살 수 있기를 발원합니다.

그리고 나의 상상과 현실의 그가 일치할 것이라고 믿습니다. 그래야만 그를 존경할 수 있고 모델로 삼아 삶의 방향을 이끌어갈 수 있으니까요. 다르다고 생각하면 절대 존경하는 마음이 일어날 수 없겠지요. 하지만 훗날 진실을 알아도, 자신의 상상과 맞지 않다고 그를 비난하지는 않습니다. 어쩌면 우리는 이런 일이 일어나리라는 것을, 그러면서도 자신을 위해 상상을 멈추지 않고 있다는 것을 이미 알고 있기 때문일 겁니다.

이러한 세속의 삶 속에서 종교인, 특히 수행자의 자리는 매우 특별한 것 같습니다.

사람들은 가장 청정한 수행자를 상상하고, 이들만큼은 말과 행이 같다고 절대적으로 믿고, 또 그렇기를 갈망합니다.

실제 스님들을 만나 이야기해 보면, 삼업(三業)이 모두 여법하기를 서원하며 푸른 칼날처럼 수행합니다. 때문에 말과 행이 저절로 일치될 수밖에 없습니다. 삶 자체가 그렇습니다.

그래서 스님들이 쓴 글을 보면 마음에서 곧장 흘러나와 담백하고 단순하면서도 감동을 줍니다. 스님들의 책이 인기 있는 이유는 글을 잘 써서가 아니라, 그의 글과 행동이 일치한다고 믿기 때문입니다. 그래서 글 또는 말과 다른 행동을 하는 수행자의 모습은 사회적으로 매우 혹독한 비난을 받습니다.

법정 스님께서 자신의 책을 모두 거두어 달라는 유언이 이해됩니다. 작은 티끌조차도 용납되지 않는 수행자의 자리에서는 당연히 그리했을 것입니다. 그럼에도 스님의 글이 여전히 많은 이들의 마음을 움직이는 것은 실제 스님의 삶이 독자들의 상상과 같았기 때문일 것입니다.

말을 가장 가치 있게 해주는 것은 행위입니다. 그것을 알기에 세속의 사람들도 언행을 일치시키기 위해 노력합니다. 정치인들은 자신의 공약을 지키기 위해 노력하며 아이들도 약속을 지키려고 애를 씁니다.

하물며, 수행자는 단어 하나, 행동 하나조차도 헛된 것이 있어서는 안 될 겁니다. 종교인이나 수행자의 아름다운 글과 말들이 온 세상에 흩날리는데, 대중이 한 치 의심도 없이 받아들일 수 있는 믿음을 주는 참다운 행이 몹시도 그리운 날입니다. 그럴수록 나를 경책하는 선지식의 옛 글귀가 마음에 깊이깊이 머무는 날이기도 합니다.

10

진리를 생활화하는 사람

"일체 모든 일이 마음에서 비롯된다"라는 "일체유심조(一切唯心造)"는 가장 평범하고도 널리 알려진 화엄경의 한 구절입니다.

"선한 씨앗은 선한 과보를 맺고 악한 씨앗은 악의 과보를 가져온다"라는 "선인선과 악인악과(善因善果 惡因惡果)"는 아이들도 아는 진리의 말씀이지요. 이 두 구절만 오롯이 지녀도 진리의 바른길에서 벗어나지 않을 것입니다.

몇 년 전, 추석 명절이 다가올 때쯤, 한 집안에 비상 회의가 열렸습니다. 며느리가 무속인에게서 아들이 시험에 합격하려면 차례를 지내면 안 된다는 말을 듣고 온 것이었습니다.

평생 작은 제사 한 번도 지나친 적이 없는 시어머니는 집안 어른들이 다 모이는 명절 차례를 지낼 수 없다는 것에 절망했습니다. 하지만 시험 합격 여부가 걸려 있다고 하니 가족들 어느 누구도 반대할 수가 없었습니다. 결국 차례는 지내지 못했고, 시험을 앞둔 아들은 이 모든 분란이 자신 때문인 것 같아서 매우 힘들어했습니다.

시험을 잘 치르려면 평소에 열심히 공부하고 몸과 마음이 건강하고 편안한 것이 최상의 방법이지요. 시험과 제사는 아무런 상관이 없습니다. 그런데 시험이 임박한 가장 중요한 시기에 이런 혼란을 겪은 아들의 마음은 얼마나 힘들고, 부담되었겠습니까. 이렇게 우리는 어리석은 판단으로 상황을 더 악화시킵니다. 결국 아들은 그해 시험에 합격하지 못했습니다.

이웃의 어느 거사님이 대문 방향을 바꾸어야겠다며 공사를 시작했습니다. 이유를 들어보니, 풍수지리를 보는 이가 대문 방향이 안 좋아서 이웃과 사이가 나쁘고 일이 잘 안 풀린다고 했답니다. 저는 "대문 방향이 좋은 집은 문제가 안 생기고 아무도 아프지 않습니까?" 하고 되물었습니다.

이 세상에 태어난 모든 생명, 대문 없이 사는 미물들조차도 생로병사(生老病死)를 겪습니다. 우리의 생로병사가 정말 대문 때문이라면 얼마나 좋겠습니까! 간단히 해결될 일이니, 사바세계가 고통이라는 말도 없을 것입니다.

공사하는 동안 소음과 담 높이 조절 때문에 이웃과 또 소란이 일었습니다. 진리의 말을 기억하는 사람이라면 대문을 바꾸는 비용으로 이웃들에게 작은 선물이라도 나누며, 기쁨을 전하는 좋은 씨앗을 심는 것이 훨씬 좋은 결과를 가져올 것을 알았을 것입니다.

얼마 전에는 이런 일도 있었습니다. 아이를 낳는데, 사주가 중요하니 좋은 날로 수술 날짜를 잡아달라고 합니다. 한날한시에 태어나는 쌍둥이도 삶이 다르고, 대통령이나 대사업가도 숱한 일을 겪습니다. 무엇으로 좋은 사주를 삼겠습니까?

가족이 다 모일 수 있는 시간, 함께 기다리며 축복할 수 있는 시간에 수술하라고 말씀드렸습니다. 모든 사람에게 가장 중요한 사주는 가족들이 서로 사랑하고 화목해서 어떤 어려움도 지혜롭게 이겨낼 수 있는 마음일 겁니다.

우리들은 항상 일을 겪고, 해결하려고 노력합니다. 단 하루도 일이 없는 날이 없습니다. 그런데 매번 밖에서 답을 찾습니다. 환경이나 사주, 부모, 영가 탓을 하고 때로는 나무나 돌에게까지 책임을 미룹니다.

모든 것은 나의 마음에서 비롯되며, 만들어지고 변화됩니다. 착한 일은 좋은 일을 성취하게 하고, 나쁜 일은 나쁜 결과를 가져옵니다. 밝고 긍정적인 에너지는 밝은 에너지를 끌어들이고 나쁜 에너지는 나쁜 것들을 끌어들입니다.

항상 경전을 가까이하며 끊임없이 수행해서 자신의 마음을 바르고 맑게 해야 합니다. 물론 이렇게 스스로 노력하는 것보다 다른 것들에게 미루면 더 쉽고 더 편할지도 모르겠습니다. 하지만, 그것으로 해결되는 것은 단 하나도 없습니다. 오직 자신만이 해결하고, 자신의 노력에 의해서 삶이 변화합니다.

부처님의 제자라면 생활 속에서 진리를 그대로 적용할 수 있어야 합니다. 일상에서 항상 자신을 보고, 마음을 알아차리고 동시에 부처님 법대로 행하려고 노력해야 합니다.

11

그대의 존재만으로도…

溪聲便是廣場舌 계곡 물소리가 곧 부처님의 설법이요
山色豈非淸淨身 산빛이 어찌 청정법신이 아니겠는가?
夜來八萬四千偈 한밤에 팔만사천 게송을 들으니
他日如何擧似人 다른 날, 다른 이에게 어떻게 일러줄 것인가.

소동파가 폭포수 소리를 듣고 지은 시가 절로 떠오르는 계절입니다. 나뭇잎 하나하나 물들어 찬란히 빛나고, 흔들리는 바람결 따라 어디든지 둘러보아도 눈부신 가을빛이 나를 따라다니며 반깁니다. 무정설법(無情說法)을 통해 깨달음에 이른 선사들의 기행이 이해되는 시절입니다.

이 시기를 놓치지 않고 무작정 만행을 떠났습니다. 바쁜 시간 속에서 잠깐의 여유가 얼마나 큰 기쁨을 주는지 모릅니다. 발끝에 닿는 낙엽 소리에도 웃음 짓고, 햇빛에 자기 색을 드러내는 나뭇잎, 그 사이로 흘러가는 구름 하나에도 시선을 돌릴 수 없습니다. 그리고, 소녀의 손등처럼 하얗고 매끄러운 자작나무를 하나하나 쓰다듬으며 오래도록 숲길을 걸었습니다. 겨울 맞으러 가며 모든 옷을 버리고 홀로 선 나무들이 참으로 자유롭고 홀가분해 보여서 부럽기까지 했습니다.

한마디 말없이, 그 자리에 서 있는 것만으로 우리를 행복하게 하는 자연을 볼 때, 나의 말과 생각의 분주함이 쓸데없이 소란스럽다는 생각을 합니다. 나의 옷들이 얼마나 보잘것없는지 속속들이 봅니다.

우리는 많은 이들을 기쁘게 하기 위해 스스로를 꾸미고, 멋진 말, 특별한 선물이나 여러 이벤트를 준비하기도 합니다. 또 권력이나 돈, 명예가 자신과 가족, 또 다른 이들을 행복하게 해준다고 생각합니다. 그래서 조금이라도 부족하다는 생각이 들면 충족시키려고 부단히 노력하고 애를 씁니다. 그러다 보니, 정말 중요한 것을 잊고 있습니다.

우리 절에 10년 정도 다니고 있는 어느 보살님이 가장 기억에 남는 순간이 우리 절에 처음 왔던 날이라고 했습니다. 그때는 7일 묵언수행 정진 기간이었습니다.

"스님께서 처음 온 우리 부부에게 말없이 차를 주셨습니다. 그때, 여러 보살님이 같이 있었는데, 그분들이 모두 그냥 차만 마셨어요. 다들 너무 편해 보였지요. 그날 마신 차 맛과 스님의 미소, 가끔 들렸던 풍경소리가 아직도 기억에 남아 있습니다."

처음 만났으면서도 편안하고, 한마디 말 없이도 행복했던 날의 이야기였습니다. 그때 나의 부족함이 비어있는 자리에서 충족되어지기도 한다는 것을 알았습니다. 그저 마주 보고 있음으로도 충분했지요.

꽃들과 나무들, 세상에 펼쳐져 있는 모든 자연은 자신의 모습 그대로 우리에게 기쁨을 줍니다. 어쩌면 있는 그대로이기에 자신과 대상이 모두 편안한 것이며, 스스로 비어있기에 더 아름다울 겁니다. 청정하고 맑은 본래의 자리를 찾는 것은 결국 나와 대상을 모두 편안하고 행복하게 하는 것입니다. 우리가 생각하는 것처럼, 많은 조건이 필요하지 않습니다.

어느 날 늦은 밤, 노보살님이 눈물범벅이 되어 절에 올라왔습니다. 너무 울고 있어서 말도 제대로 하지 못했습니다. 그저 토닥토닥 등을 두드려주며 눈물을 받아줄 뿐이었습니다. 눈물이 그치자 보살님은 거사님과 한바탕 싸웠다며 “스님이 계셔서 참 좋습니다”라며 미소 지었습니다. 그 미소가 제게도 기쁨을 주었지요.

우리는 매일매일 나를 완성하기 위해, 누군가를 기쁘게 하기 위해 노력합니다. 그런데 오히려 스트레스가 되어 사랑하는 상대를 원망하고 자신을 버리기까지 합니다. 때로는 자신의 생각과는 정반대의 결과를 가져오기도 합니다.

오색 빛나는 나뭇잎과 하얀빛의 자작나무, 온 세상의 숱한 생명들처럼, 나도 세상의 찬란함 속에 포함되어 있으며, 그 세상과 하나임을 기억하시길 바랍니다. 우리의 미소만으로도 누군가의 기쁨이 되고 행복이 됩니다. 당신은, 우리는 이미 존재하는 것만으로도 충분합니다.

12
기도와 수행의 힘이 빛날 때

일상에서 일어나는 일을 삶의 과정이자 수행으로 보는 사람과, 결과로 보는 사람은 큰 차이가 있습니다.

십여 년 만에 어느 보살님이 찾아왔습니다. 군대까지 잘 다녀온 아들이 갑자기 쓰러져 큰 수술을 받고 생사를 헤매는 힘든 일을 겪고 있었습니다. 남편은 술을 마시기 시작했고, 딸은 동생 간병으로 계획했던 일을 중단했지요.

보살님은 "대단히 좋은 걸 바라지도 않았고 가족들 건강하고 평범하게, 탈 없이 살고 싶었을 뿐입니다. 남을 아프게 하거나 크게 나쁜 짓을 한 적도 없는데…"라고 힘없이 말합니다. 보살님은 자신의 업장과 과거에 대한 후회를 되풀이하며 한탄했습니다. 자신에게 닥친 고난을 인정하고 싶지 않고, 피하고 싶은 마음과 원망하는 마음이 동시에 느껴졌습니다.

저는 보살님에게 업장이나 지난 과거에 관한 생각은 일체 하지 말고, 아들과 가족들의 의지처가 될 수 있도록 든든하면서도 긍정적인 희망으로 즐겁게 지내라고 부탁했습니다. 어두운 생각 대신 관음기도 하기를 거듭 말씀드렸지요.

전생이든 과거든 이미 지나간 것은 바꿀 수 없습니다. 또한 우리에게 영향을 주는 것은 과거가 아니라 과거에 집착하는 현재의 마음입니다. 그러니 과거를 고민하는 것보다, 현재 우리가 할 수 있는 일에 최선을 다해야 합니다. 용기와 희망, 따뜻함과 기쁨의 에너지가 넘쳐야 힘든 순간을 이겨낼 수 있기 때문입니다. 반대로 원망하고 후회하며 상황을 절망적으로 보면 고통에 점점 잠식되어 스스로를 파괴합니다.

안타까운 마음으로 여러 번 말씀드렸지만, 보살님이 떠난 뒤에도 걱정이 되었습니다. 눈에 보이는 것에 번뇌를 일으키는 대신 기도하는 것이 얼마나 어려운 일인지 알기 때문입니다.

평소 기도와 수행의 힘을 갖춰놓지 않으면, 단 10분의 기도나 수행도 대부분 하지 못합니다. 반대로 평소 꾸준히 수행하는 사람은 고난의 순간을 자신을 성장시키는 과정으로 보고, 적극적으로 이겨내며 더 나은 결과를 이끌어냅니다.

40대 후반인 한 보살님은 청년 시절부터 불교 공부하고 수행한 분입니다. 갑자기 뇌경색으로 병원에 입원했습니다. 뇌의 일부분이 생명을 잃었고, 몸은 아예 움직일 수 없을 정도로 심각했습니다. 가족들이나 주변 사람들은 공포에 빠졌지만, 본인은 오히려 담담하게 받아들였습니다. 숙제이자 수행의 하나로 생각해서 자신을 돌아보고 더 많이 기도하면서, 재활을 시작했습니다. 한 달도 되지 않아 걷기 시작하고, 곧 달리기를 시작했습니다. 병원에서도 기적 같다고 얘기했습니다.

물론 그 기적이 쉽게 이루어진 것은 아닙니다. 움직이지 않

는 몸을 움직이게 만드는 것이 얼마나 힘든 것인지, 자신도 모르게 눈물 쏟으면서 두려움을 견뎌내야 했지요. 오직 자신만이 견뎌야 할 일임을 알기에 포기하지 않고 마침내 이겨내는 것입니다. 그렇게 수행자는 필연적인 기적을 만들어냅니다. 가족들은 서로를 아끼며 화합하고, 각자의 자리에서 자신의 일을 더 잘 챙겼습니다. 자신들을 더 소중하게 만들었습니다.

저도 똑같습니다. 스님으로 살면서 매일 기도하고 수행하며 선업을 쌓는 것을 업(業)으로 해도 병마가 옵니다. 인연에 따라 마장이 닥치고 그때마다 절망적인 번뇌가 일어납니다.

또한 신도님들의 고통과 죽음에 관한 이야기를 수시로 듣고 함께 겪으니, 어쩌면 세상에서 가장 많은 고난을 겪는 사람 중 하나가 스님일 것입니다. 그럼에도 지금 겪고 있는 일들이 나를 성장케 해주는 귀한 순간이니, 기쁘게 받아들이고 마침내는 뛰어넘으리라고 다짐합니다. 수행의 힘이 모든 고난을 이겨내고 성장의 디딤돌로 만들어주고, 우리를 더 빛나게 하리라는 것을 확신하기 때문입니다.

평소 우리가 하고 있는 수행과 기도의 힘은 모든 순간 지혜로, 내적인 힘으로 빛납니다. 이것이 기도와 수행이 –최악의 상황일지라도– 우리 삶에서 절대적이어야 하는 이유입니다.

13

법(法)의 몸을 낳아 길러주시는 은혜

지난 19일, 조계종 승단에서 처음으로 승가교육 공로자에게 감사하는 행사가 있었습니다. 30년 이상 승가교육에 헌신하신 열 분의 어른스님들께 존경을 표하는 자리였습니다. 세속에서도 그렇지만, 불가(佛家)의 스승과 제자는 매우 특별하며 귀한 인연입니다.

사리불문경(舍利弗問經)에 이르길 "출가자가 부모가 있는 생사(生死)의 집을 버리고, 법(法)의 문에 들어와 미묘한 법을 받았으면 그것은 스승의 힘이다. 법의 몸을 낳아 길러주시고 공덕의 재능을 일으키며 지혜의 가르침을 기르게 하니 스승의 공보다 더 큰 것은 없다"라고 합니다.

세속의 삶과 완전히 다른 삶을 시작하는 출가제자는 먹고 말하고 입고 쓰는 일상의 법까지 새로 배워야 하고 스승은 서른, 마흔 살이 넘은 아이 아닌 아이를 받아들여 다시 태어나게 하고 성장시켜야 합니다.

이미 세속에 익은 제자는 습관을 바꾸기가 쉽지 않고, 자기가 옳다는 고집이 있어서 가르침을 쉽게 받아들이지 못합니다. 그러니 가르치는 스승도, 배우는 제자도 서로가 힘듭니다.

때로는 열심히 정성 다해 가르쳤는데 밤새 인사도 없이 사라지기도 하지요. 세세한 것에서부터 별의별 일이 다 있으니, 상좌의 입장에서는 시집살이라 할 만하고, 스승의 입장에서는 상좌 하나에 지옥 하나라고 말할 만합니다.

이렇게 출가자의 스승이자 부모가 되는 것은 오랜 시간 공을 들여야 하는 일이며, 포기하지 않는 끈기와 인내력, 고집 센 아이를 다루는 지혜까지 요구하는 일입니다.

저는 내성적인 성격에 융통성도 별로 없어서 배우는 것이 항상 늦었습니다. 승가의 모든 일상의 물건을 상·하복으로 나누는 것에서부터 물건 쓰는 법, 공양간의 소임, 어른 모시는 법까지 혼란스러웠습니다. 그러니 조금만 틈이 생기면 실수가 산더미처럼 쌓였지요. 빗자루질, 빨래하는 법 같은 일상의 소소한 모든 것에 대해 어른스님이나 선배님들의 가르침과 감독을 받았습니다. 전의 습관이 툭툭 나올 때마다 우왕좌왕했습니다.

행자 시절 어느 날 저녁, 공양 상을 받은 뒤 어른스님께서 "전혀 다른 국을 끓여도 같은 맛이 나네"라고 하셨습니다.

저는 그 이후 국을 끓일 때마다 고민했지요. 나중에서야 재료 특유의 맛과 향을 알게 되었습니다. 송잇국은 송이의 향이, 뭇국은 무의 맛이 살아있어야 했죠. 그 이후로 사람은 물론 모든 생명의 색깔과 특징을 수용하게 되고, 다름을 이해하게 되었습니다. 이러한 일상의 작은 변화가 삶 전체를 바뀌게 했습니다.

만약 배우는 모든 순간에 '왜 이렇게까지 해야 하나?' 하는 의문이 조금이라도 있었다면 지금의 저는 없을 겁니다. 다행히도 제가 만난 모든 스승님께서는 기다려 주셨습니다. 늦게 태어나고, 늦게 자라는 제자를 포기하지 않고 지켜봐 주셨지요. 그렇게 스승은 우리를 새로운 수행자이자 화합 승단의 일원으로 성장하게 해주십니다.

승가대학에서 학인스님들과, 사찰에서 신도님들과 함께 지내면서 알게 되었습니다. 아무리 많은 것을 전해주고 싶어도 받아들이지 않는다면 기다려야 하고, 떠나가면 슬픔을 접고 보내야 합니다. 다시 돌아오면 기꺼이 안아주어야 하지요. 또한 흔들리는 마음을 드러내지 않고 항상 앞을 바라보며 이끌어가야 하는 어려움을 알게 되었습니다.

저의 스승이며 〈승가교육 공로자 포상식〉 행사의 주인공이신 삼선불학승가대학원 묘순 큰스님을 뵈며, 기쁘면서도 눈물날 만큼 숙연해졌습니다. 아마도 평생 외길을 걸어오신 스승의 마음을 지금에서야 조금이나마 이해하게 되었기 때문일 겁니다.

자식이 부모의 마음을, 스승의 마음을 이해하게 될 만큼 성장하기까지, 긴 시간 동안 자비심으로 살펴주시는 세상 모든 스승님께 삼배 올립니다. 또한 스승의 자비심을 닮아, 모든 이들에게 진리를 전할 수 있는 제자들이길 발원합니다.

〔Chapter 2〕

날마다 좋은 날입니다

01

자신이 가장 철저한 점검자

절에 자주오기, 사경하기, 관음기도 20분, 5분 명상하기 등의 기도 수행을 우리 절 새해 목표로 세웠습니다. 그리고 점검표를 만들어서 스스로 자기 점수를 쓰기로 했습니다.

자기 기준에서 점수를 주다 보니, 천차만별입니다. 1년에 한두 번 절에 오던 사람이 한 달에 한 번 절에 오게 되면 스스로 높은 점수를 주게 됩니다. 당연한 일이겠지요. 반대로 매일 절에 오는 사람이 일주일에 한 번 오게 되면 스스로 많이 부족한 것 같아서 점수가 무척 낮아집니다. 이도 당연한 일입니다. 그런데 전체적으로 보면, 일주일에 한 번 절에 오는 사람이 한 달에 한 번 오는 사람보다 점수가 더 낮아지는 의외의 불평등한 상황이 벌어집니다.

또 어떤 분은 점수를 낮게 쓰려니 나중에 스님이나 다른 사람에게 보여줄 때 부끄러워질 것 같아서 고민하기도 합니다. 그래서 차라리 스님이 확인해 주면 안 되느냐고 부탁할 때도 있습니다. 조건이나 결과에 대한 상별이 없으니, 스스로에게 가장 맞는 점수를 정직하게 주라고 이야기합니다.

각자 기준이 다르다는 것은 자신에 대한 기대 가치, 삶의 만족도나 성격 등 모든 것이 다 다르다는 뜻입니다. 높은 기대치를 갖고 있는 사람은 자신의 부족한 점을 쉽게 찾아내고, 반대로 작은 것에도 기쁨을 찾는 사람은 소소한 것에도 만족도가 높을 수 있습니다. 그러니 점수라는 것은 잘하고 못하고의 평가가 아니라 그저 자신의 가치와 만족도에 대한 것일 뿐입니다.

똑같이 한 시간 수행한다 해도, 한 시간의 마음과 정진력, 집중력은 본인만이 압니다. 그것은 세속의 모든 일에서도 마찬가지입니다. 같은 공간, 같은 시간을 함께하지만 진짜 차이는 바로 마음입니다. 그 마음은 오직 본인만이 가장 정확하게 볼 수 있습니다. 이렇게 자신을 점검하는 것은 자신을 보는 또 다른 좋은 수행이 됩니다.

매년 새해 첫 달, 첫 번째 토요일에 모두 함께 삼천 배를 합니다. 지난해를 감사하고 참회하며 새로운 출발을 발심하는 시간입니다.

어느 청소년 법우가 작년에 이어 동참했습니다. 그런데 그날 오후에 학원 공부가 있었고, 아버지는 저녁 늦게 다니는 것을 허락하지 않았습니다. 삼천 배는 24시간 안에 하는 것이 원칙이었지요. 그냥 삼천 배도 어려운데, 조건이 3가지나 더 있는 셈이었습니다.

동생들은 아예 목표를 낮게 잡아 천 배를 하고 일찌감치 끝냈습니다. 눈치를 보니 동생들과 같이 놀고 싶은 마음이 일어나는 것 같았습니다. 절하는 속도가 자꾸만 느려지고 쉬는 시

간이 많아졌습니다. 그러더니 학원 수업 시간까지 이천 배밖에 하지 못했습니다. 결국 천 배를 남겨두고 학원으로 향했고, 학원은 저녁 8시가 되어야 끝났습니다. 그러니 아버지의 조건에 따라 바로 집으로 들어가야 했지요. 그리고 24시간 안에 남은 천 배를 하려고 다시 깜깜한 새벽에 혼자서 절에 왔습니다.

삼천 배의 마지막 천 배가 얼마나 힘든지, 혼자서 하기가 얼마나 힘든지 알기에 저도 좌불안석이었습니다. 삼백 배 정도 남겨두고는 좌복에 얼굴을 파묻고 일어나지 않았습니다. 안타까움에 땀에 흠뻑 젖은 등을 두드려주면서 물어보았습니다.

"혼자서 이렇게까지 힘들게 절하는 게 억울하니? 혼자니까 아무도 모를 텐데, 절을 대충 건너뛰고 싶은 생각은 안 나?"

"아뇨, 스님. 부처님과 제가 알잖아요."

그 한마디로 저의 모든 걱정이 사라졌습니다. 우리들이 하고 있는 모든 일에 아무도 없는 곳은 없습니다. 언제나 자신은 있으니까요. 그래서 가장 철저하게 나를 보는 이도 바로 나 자신입니다.

삼천 배의 마지막 시간을 아이와 함께 절했습니다. 그리고 마지막 삼배를 올리고 당당하게 절을 나서는 아이를 안아주었습니다.

스스로의 약속을 지켜내는 사람, 자신을 스스로의 점검자로 여기는 사람은 언제 어디서, 무엇을 해도 가장 특별하고 가장 아름답습니다.

02

날마다 좋은 날입니다

17일간의 동계올림픽이 열리는 동안, 우리 절 보살님들도 옹기종기 모여앉아 연잎 비비며, 올림픽 이야기꽃을 피웠습니다. 경기 결과와 상관없이, 선수들과 참가자들의 행복한 에피소드를 나누며 감동하고 즐거워했습니다. 또한 큰 사건, 사고 소식이 들릴 때면 함께 속상해하며 슬퍼했습니다. 비록 짧은 기간이지만, 마치 인생의 축소판 같았습니다.

노력의 결실을 완벽히 성취하기도 하지만, 한순간의 실수로 물거품이 될 때도 있었습니다. 0.001초의 차이로 패하기도 하지만 기적 같은 승리를 가져오기도 했지요. 모든 극적인 이야기가 삶의 이야기와 같습니다.

머리 좋고 적극적이며 완벽한 성격인 보살님은 자녀들에게 모든 삶을 바쳤습니다. 게다가 아이들이 모두 공부를 잘해서 자랑스러워했고 두려울 것이 없었지요.

이렇게 모든 일에 자신만만했던 보살님이 상상조차 못 한 큰 실수를 했습니다. 아들의 중요한 시험 시간을 잘못 알아 늦게 데려다주는 바람에 시험을 놓쳤고, 결국 아들은 재수를 하게 된 것입니다. 보살님은 큰 충격으로 죄인이 된 것처럼 통곡했습니다. 이후 외부 활동을 멈추고 오직 기도와 봉사로 지냈습니다. 그리고 삶에 대해 깊이 고민하면서 자신의 욕망과 집착을 보게 되었지요.

사람들을 배려해 주었다고 생각했는데 반대로 아픔을 주고 있었고, 자녀들을 위한다고 했던 일이 오히려 아이들을 힘들게 하기도 했으며, 자신의 완벽했던 행동들이 다른 이에게는 스트레스가 되었다는 것을 뒤늦게 알았습니다. 다행히도 간절한 기도와 수행은 보살님을 죄책감과 원망에서 벗어나게 했으며, 아들과는 서로에게 감사하는 배려 깊은 인연으로 바뀌게 했습니다. 1년 뒤 보살님은 자신의 욕심을 버리고 아들이 원하는 대학을 선택하는 데 동의했으며 모든 선택을 아들에게 맡겼습니다. 아들이 어머니를 떠나 자신의 삶을 스스로 살아가길 바랐기 때문입니다.

몇 년 뒤에 보살님은 "지금 가족들이 각자의 삶으로 행복한 것은 가장 끔찍했던 그 1년의 시간이 있었기 때문"이라며, 그 때의 실수에 감사한다고 말합니다.

인생의 길흉화복(吉凶禍福)은 롤러코스터처럼 변화무쌍하고, 예측하기 어려운 것이 새옹지마(塞翁之馬)의 고사(故事)를 떠올리게 합니다.

옛날 중국 변방에 사는 어느 노인이 말을 기르고 있었는데 말이 오랑캐 땅으로 달아났습니다. 이웃 사람들이 노인을 위로하자 노인은 "이 일이 복이 될지 누가 압니까?"라며 오히려 태연했지요.

몇 달 뒤, 도망쳤던 말이 암말 한 마리와 함께 돌아왔습니다. 이웃들은 놀라워하며 축하의 말을 전했습니다. 노인은 기뻐하는 기색 없이 “이게 화가 될지 누가 압니까?”라고 답할 뿐이었습니다.

얼마 후, 노인의 아들이 그 말을 타다가 낙마하여 다리가 부

러져 크게 다쳤습니다. 마을 사람들은 이번에야말로 노인이 크게 상심했으리라 생각했습니다. 그러나 노인은 "이게 복이 될지 어찌 알겠소?" 하며 평온했지요.

이후 북방 오랑캐가 침략했고 징집령으로 젊은이들이 모두 전장에 나가야 했습니다. 그러나 노인의 아들은 다리가 부러진 까닭에 전장에 나가지 않아도 되었습니다.

옛이야기처럼 현재 겪고 있는 일이 좋은 일인지 나쁜 일인지, 중생의 짧은 안목으로는 알기가 힘듭니다. 그럼에도 우리는 매번 일이 일어날 때마다 좋다 나쁘다 하며 희로애락(喜怒哀樂)으로 속을 태웁니다. 그러나 이것은 자신의 욕망을 드러내는 것에 지나지 않습니다. 일에는 좋고 나쁨이 없으니까요.

어떤 일이든 흔들리지 않는 마음으로 삶을 바라볼 수 있는 지혜가 있다면 오늘도 좋은 날이며, 내일도, 매일매일이 좋은 날일 것입니다.

03

오계(伍戒), 도덕적으로 완전한 사람

도덕 또는 윤리는 서로 함께 살기 위해 지켜야 할 가장 중요한 덕목이며, 대부분의 사람들은 스스로 잘 알고 있다고 확신하고, 그에 맞추어 행동합니다.

또한 자신이 잘 알고 있는 도덕 또는 윤리를 기준 해서, 매 순간 다른 사람을 평가하고, 좋고 나쁜 일을 나누고, 착한 일과 악한 일을 구분합니다.

그렇다면 옳고 그름을 나누는 기준인 사회적 도덕, 윤리는 과연 언제나 평등하고 공평할까요?

남자 형제 둘을 키우고 있는 어머니가 요즘 너무 힘들다고 이야기했습니다.

"형이 동생을 나무라는데, 일찍 들어와라, 공부는 뭘 했냐, 너는 뭐가 되려고 그러느냐 하며 별소리를 다 해요. 남편이 애들 혼낼 때와 똑같은 말투로 합니다. 그런데 동생은 자기가 뭘 잘못했냐고, 형도 잘못하는 거 많다며 절대로 굽히지를 않아요. 둘이서 얼마나 싸우는지 속이 터집니다. 제가 보기에는 이 녀석이나 저 녀석이나 똑같은데 말입니다"라며 한숨을 쉬었습니다.

어린아이들도 나름대로 도덕적인 기준이 생기면 남을 평가하고 비판하게 됩니다. 형은 자기 입장에서 상대를 보고, 동생 역시 자기 입장에서 상대를 봅니다. 부모 역시 마찬가지입니다. 각각의 입장과 상황에 따라 관점이 달라지고, 착하고 나쁜 일의 기준도, 일의 우선순위도 달라집니다.

대대례기(大戴禮記)에 나오는 칠거지악(七去之惡)은 100년 전만 해도 당연시되었습니다. 시부모에게 순종하지 않는 것, 자식을 못 낳는 것, 행실이 음탕한 것, 질투하는 것, 나쁜 병이 있는 것, 말이 많은 것, 도둑질하는 것 등이었습니다. 이 조건에 해당되는 아내는 쫓겨나도 당연했지요. 요즘 천도재 때, 부인이 두 명인 영가가 있는 것을 보면 30년 전까지도 꽤 용인되었다고 보입니다. 하지만 지금 어떤 사람이 칠거지악을 옳다고 하거나 행한다면, 그는 사회적으로 완전히 매장될 겁니다.

오랜 세월 동안 절대적인 것처럼 보였던 선악(善惡)의 기준이나 도덕, 윤리도 시대나 상황, 입장에 따라 달라집니다. 현재 옳다고 생각하는 나의 행위가 불과 30년 후에는 나쁘고 타락한 행위로 평가되기도 할 것입니다. 현대처럼 빠르게 바뀌는 세상이라면, 도덕적으로 완전한 사람은 거의 불가능할지도 모릅니다.

그런데 놀랍게도 부처님은 2500년 모든 시대를 통틀어, 동서양의 모든 공간, 성별과 나이를 초월해서 가장 도덕적이고 이상적인, 완벽한 삶을 살았습니다.

그 힘은 계율에 있습니다. 계율은 시대와 공간을 초월한 가장 완벽한 도덕입니다. 오계(五戒)만 지녀도, 언제 어디서나 도덕적인 비난과 고통을 받지 않습니다. 세상의 청정함 역시 개인 각자의 오계에서 나옵니다.

오계는 생명을 죽이거나 아프게 하지 않으며, 남의 것을 훔치지 않으며, 삿된 음행을 하지 않으며, 거짓말하지 않으며, 정신을 흐리게 하는 술이나 약을 취하지 않는다는 계율입니다. 오계는 매우 단순하며, 지니는 것 또한 아주 쉽습니다. 그러면서도 우리를 완전하게 보호해줍니다.

요즘 미투 운동을 비롯해 사회, 정치, 종교적으로 부끄러운 일들이 너무도 많습니다. 10년 또는 30년 전의 일이라 할지라도 자신이 한 일에 대해서는 반드시 책임을 져야 합니다. 부끄러워하고 슬퍼하고 고통스러운 이 시간이 우리를 더욱 성장하게 했으면 좋겠습니다.

불자인 우리들은 시대가 혼란스럽고 어려울수록, 위대한 스승인 부처님과 가르침을 자랑스럽게 생각하고, 기꺼이 오계를 굳게 지니기를 바랍니다. 나아가 모든 이들이 오계를 지녀 서로에게 기쁨과 희망이며, 평화가 실현되는 시절이 오기를 발원합니다.

04

수행자에게는 모든 존재가 스승입니다

불교 공부나 수행할 때 스승을 만나기 어렵다고 이야기하는 분들을 가끔 만납니다. 부처님처럼 완벽한 스승을 찾기는 어렵지만, 공부하고자 하는 마음만 있으면 길을 열어주는 스승은 어느 곳에서나 만납니다.

환성지안(喚醒志安) 선사의 시처럼 돌에 앉으면 돌의 단단함을 배우고, 물을 보면 그 맑음을 배우며, 소나무를 보면 곧음을 생각하고 달을 보면 밝음을 배울 수 있습니다. 우리 주변의 모든 존재가 다 스승이고 벗이 됩니다.

요즘 〈무문관(無門關)〉이라는 영화 한 편이 저를 기쁘게 합니다. 50대 중반의 어느 보살님이 무문관 영화를 보고 난 뒤, 거의 1년 만에 안부 전화를 했습니다. 인생의 후반에 들어서면서 자녀들이 성장해 떠나고 나니, 지난 삶과 다가올 죽음에 대해 깊은 생각을 하는데, 스님들의 수행에 대한 영화를 보니, '삶에 대한 의문을 풀려면 나도 무문관에 들어가야 하나' 하는 마음이 일어났다고 합니다. 다시 불교 공부를 시작해야겠다며 절에 올 날을 약속했습니다.

어느 보살님은 영화를 보는 내내 울었다고 합니다. 수행자의 삶이 어떤 것인지, 무엇을 위해 수행하는지, 목숨을 걸고 정진하는 것이 어떤 의미인지 어렴풋이나마 알았으며 스님들처럼 자신도 '어디에서 와서 어디로 가는가'라는 의문을 갖기 시작했다고 합니다.

몇몇 신도님들은 이번 하안거 때에 참선 수행을 해보자고 마음을 모았습니다. 몇 명이나 모일지, 어떻게 할지 한참이나 걱

정하더니, 모든 것을 접어두고 일단 시작해보자는 결의로 마무리가 되었습니다. 그 얼굴이 너무도 순수하고 맑아서 참으로 기뻤습니다. 스님들을 따라 공부하고 수행하려는 마음을 낸다면, 세속에 있다고 할지라도 그가 바로 수행자입니다.

어릴 때 읽었던 호손의 『큰 바위 얼굴』이라는 소설이 생각납니다. 작은 마을 오두막집에 한 소년이 살고 있었습니다. 앞산에는 사람 얼굴 모양을 한 큰 바위가 있었는데, 예언에 의하면 머지않은 미래에 큰 바위와 같은 얼굴을 가진 위대한 성인이 나타난다고 했습니다. 소년은 이 위대한 성인을 꼭 만나겠다는 발원을 합니다. 그렇게 매일매일 큰 바위를 바라보며 위대한 성인의 모습을 꿈꾸며 살았습니다. 그리고 큰 바위 얼굴의 사람이 나타났다는 이야기를 들으면 지체 없이 찾아갔습니다. 하지만 큰 바위 얼굴 같은 성인은 만날 수 없었습니다.

어느덧 세월이 흘러 소년은 백발의 노인이 되었습니다. 그리고 노인의 모습에서 사람들은 큰 바위 얼굴을 보게 됩니다. 큰 바위 얼굴을 매일 쳐다보며 위대한 성인을 기다리는 동안, 자신이 숭고하고 자애로운 큰 바위 얼굴을 닮아갔던 것입니다. 말 없는 바위가 삶의 가장 큰 스승이 되었던 것이지요.

핏줄보다 더 중요한 유전자가 바로 마음의 씨앗입니다. 오랜 세월 함께 사는 부부가 서로 닮아가고, 쌍둥이라도 각각의 삶의 경험에 따라 얼굴이 달라집니다. 마음 수행하는 우리들은 가장 빠르게 자신의 스승을 닮아갈 겁니다.

영화를 보고 새롭게 발심한 보살님들에게 좋은 스승을 만난 것을 축하했습니다. 재발심하게 하는 스승이 영화나 책, 꽃 한 송이라 할지라도 좋습니다. 어떤 존재든 매 순간 나를 일깨우는 스승을 만날 수 있다면, 그리고 매일 부처님처럼 살기를 발원하며 물러나지 않고 정진하면, 큰 바위 얼굴처럼 곧 부처님을 닮고 마침내 붓다를 이룰 것입니다.

오늘 창밖의 피고 지는 봄꽃에서 무상(無常)함을 관하고, 오솔길 바람에서 집착 없는 자유로움을 관하며, 온갖 것을 태우고도 좋고 싫음 없이 목적지에 이르는 지하철의 무심(無心)을 관하며 삼매에 들어보시길 바랍니다. 불법승(佛法僧) 삼보(三寶)를, 수행의 실천을 손에 든 핸드폰처럼 가까이 두시길 바랍니다.

05

떠나도 이곳, 머물러도 여기

가장 환희로운 축제인 “부처님 오신 날”을 봉행하면서도 TV 방송에서 나온 도덕성과 분열에 관한 종단 소식으로 내내 마음이 복잡했습니다. 더구나 청소년 법우가 학원에서 윤리 사상 시간에 이 문제를 주제로 토론했다는 이야기를 듣고, 아이들의 질문에 어떠한 답도 찾아줄 수 없었습니다.

다음날 불현듯 도반 스님과 만행을 떠나, 땅끝에 숨어있는 섬과 섬을 찾아다녔습니다. 마치 목숨을 구할 약초를 찾는 것처럼, 흩어진 섬을 하나하나 밟으며 푸른 바다와 보리밭을 지났습니다.

작은 섬의 작은 마을에도 교회는 꼭 하나씩 있는데, 사찰은 여러 섬을 통틀어 겨우 4개 정도밖에 되지 않았습니다. 그중에 찾아간 작고 오래된 절은 섬에서도 가장 높은, 올라가기도 힘든 곳에 있었습니다. 마당에는 작은 꽃들이 피어나고 나무의 푸르름과 새의 노랫소리가 가득했지만, 정작 인기척이 없었습니다. 법당은 겨우 서너 사람 들어설 정도로 작았고 오랜 불단은 나무 사이가 벌어져 금방이라도 떨어질 것 같았지요. 삼배를 올리고서도 법당을 떠나지 못했습니다. 낡고 낡은 법당에서 흩어지는 바람을 안으며 오랜 시간을 보냈습니다.

그 사이 볼일을 마치고 돌아온 노스님은 주인 없는 절에 머문 비구니들을 반갑게 맞아주셨습니다. 바짝 마르고 주름진 손으로 내주시는 찻잔에 마음이 쓰렸습니다.

홀로 낡은 암자를 지키는 노스님은 "예전에는 이 작은 섬으로도 만행(萬行) 오는 젊은 스님들이 많았는데 요즘에는 전혀 없다"라며 이제 마당 풀 한 포기 뽑는 일도 쉽지 않다며 세월의 덧없음을 이야기했습니다. "차비도 주지 못해 미안하다"라며 안타까워하는 노스님의 정이 아쉬워서 몇 번이나 절을 올렸습니다.

또 다른 작은 절에서는 젊은 상좌의 기제사를 지낸 노스님의 점심 공양을 받았습니다. 놀랍게도 상좌의 법명이 아는 스님의 법명과 같았고, 기일도 거의 비슷했습니다. 마음 아팠던 기억은 각각 다르고, 인연도 달랐지만 참으로 반가웠습니다. '떠난 놈 칭찬해야 무슨 소용이냐' 하면서도 오랜 추억을 나누는 공양 시간은 마치 오랜만에 만난 가족들의 잔칫상 같았습니다. 십여 년의 세월을 되돌아간 듯했습니다.

생로병사(生老病死) 중생의 흔적은 언제, 어디서나 만납니다. 떠났다고 해서 떠난 것도 아니며, 머문다고 머문 것도 아닙니다. 떠나도 이곳이고, 머물러도 여기입니다.

한국 불교는 많은 어려움을 겪으며 현재에 이르렀습니다. 시절이 좋아졌다고 하지만 시골의 작은 사찰은 겨우 유지하기도 어려울 정도고, 불법을 배우려는 신도는 도시에서도 만나기 힘듭니다. 이제 겨우 불교를 자신의 종교로 받아들이려는 청소년과 젊은이들은 작은 혼란에도 쉽게 흔들리고 떠나갑니다.

조주선사에게 학인 스님이 찾아와 가르침을 청했을 때, 스님은 “아침은 먹었는가?” 하고 물었습니다. “먹었다”라는 학인 스님의 답에 “그럼, 발우는 씻었는가?”라고 되물었습니다. 수행자에 관한 질문이자 답이기도 합니다.

청소년 법우들에게 법정 스님의 마지막 가사 한 벌의 이야기를 들려주려 합니다. 그러나 이미 죽은 옛 고승의 수승함을 칭찬하는 것이 무슨 소용이 있을지, 지금 흔들리는 아이들에게 어떤 답이 될지는 모르겠습니다. 그래서 오늘 아침 공양은 여법했는지, 발우는 청정하게 잘 비웠는지, 아이들의 시선 끝에 있는 나 자신에게 몇 번이나 되묻습니다.

06

깨끗하게 쓸어내는 하안거 정진

스님들이 선방에서 수행 정진하는 하안거는 언제나 큰 의미가 있습니다. 우리 절에서도 하안거 수행 정진에 동참해서 벌써 한 달을 훌쩍 넘겼습니다. 다라니 독송과 참선 정진, 그리고 도량 청소를 하는 것으로 신행 숙제를 정했습니다.

어느덧 장마가 시작되고 비가 올 때마다 풀이 쑥쑥 자라납니다. 그런데 템플스테이 준비와 뜻밖의 공사 등으로 안팎의 일이 바빠 풀 뽑을 시간도 없었습니다. 마침 보살님 한 분이 하안거 신행 숙제로 하루씩 날을 정해 풀을 뽑아주었습니다. 며칠 전부터는 무더위가 시작되고 햇빛이 뜨거워졌습니다. 걱정되어 찾아보니 보살님은 그야말로 풀과 씨름을 하고 있었습니다.

"아이고, 스님! 풀이 참 대단합니다. 얼마 전에 분명히 뿌리까지 다 뽑았는데, 돌아보니 또 돋아납니다. 벽돌 틈 사이에서도 끝도 없이 나와요. 숙제가 영원히 끝이 안 날 것 같아요."

얼굴을 보니 빨갛게 달아올라 안쓰럽기까지 했습니다.

"오늘은 햇볕이 뜨거우니, 그만하고 일어나세요."

여러 번 이야기해도, 보살님은 고집을 부리며 일을 계속했습니다. 보아하니 풀이 아니라 다른 것을 뽑는 것 같았습니다.

호미를 들고 같이 앉아서 풀을 매기 시작했습니다.

"보살님, 뽑아도 뽑아도 다시 자라는 풀이 우리 마음 같지 않나요? 풀 하나 뽑는데도 이렇게 숱한 생각이 일어나니, 마음이란 게 이 풀보다 더한 것 같지요?"

그제야 보살님은 손을 멈추었습니다.

"휴~ 그러네요! 사실은 아침에도 아들하고 한바탕 싸웠어요. 직장도 안 나가고 집에만 틀어박혀 있는데, 그러지 말아야지 하면서도 얼굴만 보면 화가 나요. 저도 갈피를 못 잡겠어요. 정말 이 마음이 지독한 풀 같네요. 얘들을 다 어떻게 한답니까?"

땅이 꺼지듯 탄식하는 말에 저는 웃으며 보살님의 어깨를 안았습니다.

"그러게요. 어떻게 할까요?"

제 말에 보살님도 같이 웃습니다.

며칠 지나자 부지런한 보살님과 도와주시는 분들 덕분에 마당이 훤해졌습니다. 보살님은 마당을 둘러보며 뿌듯해했습니다.

"이제는 풀 한두 개 보일 때마다 뽑기만 하면 되니 일이 없네요. 스님, 번뇌도 수행하다 보면 이렇게 줄어들겠지요."

온통 흙투성이지만, 한결 편안한 얼굴을 하고 있는 보살님이 저의 선지식이 되었습니다.

주리반특가 존자의 이야기가 생각납니다. 부처님 제자인 주리반특가는 글귀 한 구절도 외우지 못해서 절에서 쫓겨날 정도로 바보였습니다. 그런 그에게 부처님께서는 청소 숙제를 주셨습니다. 주리반특가는 빗자루질할 때마다 "깨끗하게 쓸어라"라고 말하면서, 마침내 자신의 마음속에 있는 더러운 것을 깨끗하게 쓸어내고 아라한이 되었지요. 이 이야기를 처음 듣고 얼마나 신심이 났는지 모릅니다.

우리가 하고 있는 모든 일이 수행이 된다면, 이 무더운 하안거 동안 내가 있는 모든 곳이 가람이 되고 수행처가 될 것입니다. 저도 보살님처럼 누군가의 신심을 일으키는 기쁨이 되길 바랍니다.

07
가장 아름다운 삼배

여름철 가장 멋진 시간 중 하나가 청소년 템플스테이입니다. 공부에서 벗어나 친구들과 하룻밤을 함께하는 이 시간을 아이들은 무척이나 기대합니다.

프로그램 가운데 주변 인연들에게 삼배를 올리는 특별한 자비발원문 사경명상 시간이 있습니다. 가장 사랑하는 사람, 최고의 경쟁자, 괴롭히는 사람, 배신한 사람 등의 대상을 정하고 그의 이름을 "존귀한 ○○○ 부처님"이라 붙여서 자비발원문을 사경하며 삼배를 올리는 형식으로 진행됩니다.

한 청소년이 "나를 괴롭히는 사람에게 행복하라고 기도하고, 그를 부처님이라고 부르고, 절까지 할 마음이 안 생겨요. 꼭 해야 합니까?"라고 물었습니다. 표정이 무척 속상한 것 같았습니다.

모든 이에게 불성이라는 착한 마음이 있다고 알긴 하지만, 실제 원망의 대상에게 적용하는 것은 쉽지 않습니다. 그것은 어른도 마찬가지입니다. 하기 싫은 것을 강요할 수는 없지만, 스님을 믿고 한번 해보는 게 어떻겠냐고 달랬습니다.

부처님께 삼천 배를 하는 사람도 가족이나 자신보다 낮다고 생각하는 사람에게는 한 번도 절을 하지 않습니다. 입으로는 매번 "하심(下心)한다" 말하지만, 정말 마음을 낮추어 절하는 것은 쉽지 않지요. 더구나 경쟁자이거나 미워하는 사람, 배신한 사람에게 절하는 것은 생각지도 않는 일입니다.

하안거 기도 중에 어린이 법회 선생님으로 봉사하는 보살님이 있습니다. 이 보살님에게 아이들을 위한 기도를 해보라고 이야기했습니다. 그랬더니 어린이, 청소년 법회 아이들 이름을 써 두고 부처님 명호를 부르듯이 그 이름을 부르며 108배 절을 합니다.

"아이들이 우리 절에서 건강하게 자라고 항상 행복했으면 좋겠습니다. 마음 아픈 이 아이가 더 많이 웃었으면 좋겠어요, 스님."

각양각색의 아이들을 만나다 보면 감당하기 힘든 아이들도 있습니다. 매번 사고를 치거나 싸우거나 폭력을 쓰는 경우도 있습니다. 모든 아이에게 똑같은 마음으로 기도할 수 있는 마음이 참으로 예쁩니다. 뜨거운 여름보다 더 뜨거운 자비의 발원입니다. 어쩌면 어머니보다 더 어머니 같은 마음일 것입니다.

절하는 동안 보살님은 각양각색의 모든 아이가 부처님 같다고 말합니다. 그래서 아이 하나하나 놓치지 않고 살펴주니, 아이들은 자기를 사랑하는 상대를 알아보고 스스로 뒤를 즐거이 쫓아다닙니다.

질문을 했던 청소년 법우는 기도 끝에 어떠냐고 물으니, 참 이상하게도 마음이 가볍고 편안해졌다며 신기하다고 좋아했습니다. 아마 다른 법우들도 같은 마음이었던가 봅니다.

한 법우는 사이가 나빠진 친구가 있어서 내 잘못인가 하고 우울했는데, 그 이름에 삼배하고 나니 그 마음이 사라지고 화해할 수 있을 것 같다며 기뻐했습니다. 그 아이도 나처럼 힘들어할 것 같다는 생각을 했답니다.

절하는 행위 자체가 이미 상대를 존중하고 나를 낮추는 마음을 갖게 합니다. 그러니 존중하는 이를 미워하거나 증오하기 힘든 것은 당연합니다. 절하면서 상대에 대한 나쁜 마음이 사라지고, 자신을 억압하는 나쁜 마음이 사라지면 스스로 자유롭고 행복해집니다. 상대에 대한 감정이 사실 가장 먼저 나를 해치기 때문입니다. 그러니 절하는 것은 아무런 이유 없이도 나를 청정하게 지켜줍니다. 절이 기도이자 수행이 되는 이유입니다.

오늘, 나 자신을 위해서, 미워하고 증오하는 그에게 가장 아름다운 삼배를 올리시길 바랍니다.

o8

죽음이 선물이 될 때까지

지옥중생까지 구제한다는 지장기도의 백미(白眉)인 우란분절·백중 기도 날입니다. 노보살님이 오랜만에 절에 오셨습니다. 불과 여름 한철 못 만났는데, 그사이 많이 약해지신 듯 보여 걱정되었습니다. 노보살님은 여름 무더위 지내면서 많이 아팠다며, 이제 죽을 때가 되었나보다 하며 넋두리하십니다. 그러면서도 이야기 끝에 꼭 큰아들네 가족 기도를 부탁합니다.

여든이 훌쩍 넘은 노보살님은 평생을 아들 걱정을 하며 살았습니다. 아들은 나이 오십이 되도록 특별한 직업이 없고, 다 큰 손자는 방에서 컴퓨터만 하며 밖을 나오지 않습니다. 며느리가 시장에서 일품으로 벌어오는 돈으로 눈치 보며 집안 살림을 꾸려갑니다. 여름 내내 그렇게 아팠어도 잠깐도 쉰 적이 없다고 합니다.

시골에서 혼자 있는 딸이 같이 살자며 손짓하는데도 노보살님은 큰아들 걱정에 떠나지를 못합니다. 자신이 없으면 아들 가정이 무너지리라 생각하고 계시지요. 아들과 손자가 어서 빨리 자기 길을 찾으면 좋겠다며 한숨을 쉬었습니다. 그 세월이 30년입니다. 백발의 주름진 마른 얼굴을 보며 손을 잡았습니다.

"보살님은 자기 길을 잘 찾으셨어요?" 하고 물었습니다.

노보살님은 힘없이 머리를 흔듭니다.

"살 만큼 산 늙은이가 찾을 길이 뭐가 있겠어요? 죽는 거밖에요…."

"그렇지요, 죽는 길을 찾아야지요. 아들네 갈 길 걱정할 일이 아니고, 보살님 길 찾는 게 수천 배는 더 급한 일입니다. 죽는 길을 어떻게 가시려고요!"

"이러다 가면 가는 거지 뭐!"

"그렇게 자신 있으시면 지금 본인 위패 한번 써 보실래요?"

노보살님이 눈을 크게 뜨고 멍하니 저를 바라봅니다.

살아있는 모든 생명은 죽습니다. 죽음은 언제 어디서나 일어나는 평범한 일상입니다. 가는 길에는 순서가 없다며 아주 쉽게 얘기하지만, 어느 누구도 오늘, 지금 여기서 죽으리라고 생각하지 않습니다. 이토록 평범한 죽음이 왜 자신에게만은 특별한 때, 충분한 시간이 지난 뒤에야 오리라고 생각하는 걸까요?

비어있는 위패 종이에 노보살님은 차마 자기 이름을 쓰지 못했습니다. 떨리는 노보살님 손에 염주를 쥐어주며, 아들 생각 대신 관세음보살님 기도를 하시라고 말씀드렸습니다. 그 순간만이라도 악착같이 따라붙는 집착에서 벗어나길 바랐습니다.

여행 갈 때 짐이 많으면 결국 못 떠납니다. 아무런 집착이 없어야 홀가분하게 가야 할 길을 갑니다. 죽음이란 여행 앞에서 자식이라는 무겁고 무서운 짐이 있으면 떠나지 못합니다. 그런데 그런 짐이 어찌 하나뿐이겠습니까!

마음이 맑고 깨끗해 항상 선업을 쌓으며 세속의 갖가지 집착에서 벗어나 최선을 다해 살아가는 사람은 죽음 앞에서도 당당합니다. 그러면 영가의 행렬 속에 들어간다 해도 연꽃처럼 아름답고 찬란하게 서 있을 것입니다. 죽음조차도 새로운 삶을 시작하는 선물이 될 것입니다.

죽음이 선물이 될 때까지 붓다의 길에서 벗어나지 않기를 서원합니다.

09

하나의 마음이 주는 두 배의 기쁨

우리 절은 무허가 지역에 있어서 주변에 어려운 가족들이 많습니다. 매년 백중기도 회향으로 장학금 기금을 마련해 소년소녀 가장이나 어려운 형편의 청소년들에게 전달하는 법회를 가졌습니다. 그런데 우리 절 형편이 넉넉지 못해 지난 2년 동안 많이 축소되었습니다. 올해도 장학금 마련이 힘들어 내내 마음이 무거웠습니다.

그러던 중, 공익법인 〈일일시호일〉과 함께 다문화 가정에 장학금을 전할 수 있는 기회가 생겼습니다. 다문화 가정을 만나는 것은 처음이라서, 기쁜 마음에도 많은 고민을 했습니다. '장학 금액이 너무 적지 않은가, 상대가 불편하지 않을까, 통장으로 입금하는 게 더 낫지 않을까' 하는 생각으로 마음이 복잡했지요. 마침내 주변 분들의 도움으로 여섯 가족이 인연 되었고 절에서 장학금 수여식을 갖기로 했습니다. 작은 선물과 점심 공양을 마련하고 기쁜 마음으로 기다렸습니다.

우리 절을 찾은 다문화 가족은 생각보다 밝고 예뻤습니다. 아버지 혼자, 또는 어머니 혼자 아이를 키우면서도 가족을 지키기 위해 최선을 다하는 멋진 분들이었답니다. 잠깐의 시간이었지만, 차담과 공양을 하며 이야기를 나누었습니다.

한국에 온 지 얼마 되지 않은 한 청소년은 한국 절은 처음 와 봤다며, 부처님 전에 삼배 올리니 마음이 설렌다고 기뻐했습니다. 아버지는 오늘같이 좋은 날 오랜만에 아들과 같이 의미 있는 시간을 가졌다며 고마워했습니다.

또 어린 자녀 둘을 키우는 앳된 태국 어머니는 따뜻한 말 한마디에도 눈물을 쏟았습니다. 남편의 거짓말과 폭력으로 도망쳐서 겨우 아이들을 지켜냈지만, 몸과 마음이 온통 상처투성이라 처음 만난 이의 손길에도 쉽게 무너집니다. 보호막 없이 홀로 두 아이를 키워야 하는 타국의 삶이 요즘에는 더 두렵게 느껴지는 듯했습니다. 그럼에도 작은 어머니는 아이들을 위해서 더 강해져야 한다며 스스로 다짐하듯 되새깁니다. 울음을 그치고 보살님들과 차 마시며 웃는 그녀의 모습을 보니, 비 온 뒤 청량한 가을 하늘 같았습니다.

그 사이 그녀의 어린 아들과 딸은 어린이 법회에 참석해서 즐겁게 지냈습니다. 새 친구들과 함께 놀고 선물을 받으며 소리 높여 웃습니다. 어머니와 함께 작별 인사를 하며 떠날 때, 아들과 딸은 몇 번이나 다음 어린이 법회가 언제인지 물어봅니다. 꼭 다시 오겠다며 인사를 했습니다.

부처님을 향해 웃는 이들을 보며, 이 작은 행사를 한 것이 참으로 잘했다고 생각합니다. 그동안 마음에 걸렸던 오랜 숙제를 해결한 듯해 행복했습니다.

힘이 부족해 혼자 할 수 없으면, 둘이 같이하면 됩니다. 결국은 서로의 마음을 주고받는 행사이니, 함께하는 이가 많을수록 더 많은 이들에게 기쁨을 줄 수 있겠지요. 그러니 하고자 하는 마음이 있으면 함께 길을 가줄 귀한 인연도 곧 생길 것입니다. 저에게 공익법인 〈일일시호일〉이 와준 것처럼요.

우리, 마음을 열어둡시다. 같은 길에서 더 많은 이들과 손을 잡고 더 많은 기쁨을 회향할 수 있도록 말입니다.

10

법(法)의 바다, 마음의 바다

수행자의 삶이라 항상 평온하면 좋겠지만, '주지'라는 소임이 있어 하루하루가 매우 분주합니다. 몹시 지칠 때도 있는데, 그때마다 찾아가는 멋진 벗이 있습니다. 그는 언제 어느 때나 저를 최우선으로 맞아주며, 가장 편안하게 마음 쉬도록 해줍니다. 그렇게 오랜 세월 동안, 나의 삶에서 나의 이야기를 가장 많이 알고 있는 벗입니다. 그는 바로 '바다'입니다.

바다를 바라보면, 어머니 품 안에 안긴 것처럼 안락합니다. 햇빛을 받으며 반짝이는 각양각색의 깊고 얕은 푸른색은 경이롭습니다. 파도는 아득한 수평선에서 쉼 없이 다가오며 바위를 감싸 안고 거품으로 뿌려집니다. 하얀 모래를 쓰다듬으며 다시 멀어지는 바닷소리는 세상의 분주함을 지워버립니다. 그리고 모든 것이 물거품과 같다는 무상(無常)의 법문을 들려줍니다.

수많은 물길이 바다로 모여들지만, 바다는 본연의 색깔이나 성질, 성품을 잃어버리지 않습니다. 그러면서도 실체가 없어서 바닷속의 수많은 생명은 그를 인식하지 못합니다. 마치 우리가 공기 속에 존재하는 것처럼 말입니다. 그는 이렇게 제게 무아(無我)와 공(空)의 진리를 보여줍니다.

바다의 법문을 듣는 동안 어느덧 나 자신을 보게 됩니다. 바다가 주는 깊은 삼매에 들면, 마음속의 잡다한 것들이 사라지고 쉬어지며, 깊고 깊은 고요한 나를 만납니다.

세상에 있으나 세상에 물들지 않기를 바라며, 생로병사(生老病死) 속에 있으나 벗어나기를 발원하며, 중생의 삶에서 붓다의 마음을 놓지 않기를 재발심합니다. 바다를 통해 저는 다시 세상의 번잡함으로 돌아올 새로운 힘을 얻습니다.

이 법문을 들려주고 싶어서 명상여행 회원들과 감포 바닷가에 있는 세계명상센터로 1박 2일 '명상여행'을 다녀왔습니다. 한 거사님이 바닷소리 명상 후, 마음이 씻어지는 것 같다고 했습니다. 평생 숱한 바다를 보고 다녀왔는데, 지금에야 이렇게 좋은 소리를 들었다면서 즐거워했습니다. 다른 분들도 모두 고개를 끄덕였습니다.

『약사경(藥師經)』 중에 법해뇌음여래(法海雷音如來)의 불국토를 묘사하는 글 가운데 "나뭇가지에 걸린 보배 방울이 미풍에 흔들리면 미묘한 소리가 나는데, 저절로 덧없고(無常) 괴롭고(苦) 허무하고(空) 나라는 것이 없다(無我)라는 법문을 한다"는 구절이 나옵니다. 이러한 보배 방울 소리를 듣는 중생들은 욕계의 속박과 습기가 제거되어 선정에 들게 되는 것이지요.

인터넷 등 수많은 매체 속에 살아가는 우리는 좋은 소리든 나쁜 소리든, 매일 숱한 소리를 만나고 각자의 업으로 듣습니다. 그런데 대부분이 우리를 병들게 하고, 또 다른 고통의 업을 발현하게 합니다.

이제부터 선정을 통해, 모든 소리를 보배 방울이 울리는 것처럼 “모든 것은 무상(無常)이요, 고(苦)요, 무아(無我)요, 공(空)이다”라는 다르마의 소리, 법의 소리로 들으시길 바랍니다.

그러면 세상의 모든 소리가 바다처럼 진리의 벗이 될 겁니다. 세상 모든 말에서 자유롭고, 모든 절망에서 벗어나 매일매일이 진리의 기쁨으로 빛날 것입니다.

11

참으로 잘하는 사람

고향 친구인 숙이 보살님은 쾌활하고 정이 많습니다. 매년 어린이 여름불교학교 때는 감자와 옥수수를 챙겨주고, 때에 맞춰 소박한 살림살이를 보내줍니다. 농사짓는 시골에서 대가족의 삶이 어떤지 잘 알지만, 보살님은 한 번도 힘든 이야기를 한 적이 없습니다.

얼마 전, 아들의 입원 소식을 들었습니다. 태어나면서부터 심장이 좋지 않았다고 합니다. 성장하는 동안 수십 번 생사를 넘나들었으니, 병과 함께 자랐다고 볼 수 있지요. 그러다 보니 그는 자신의 병에 대해 누구보다 잘 알아서 미리 준비하고 있었으며, 마지막 단계까지 와 있는 것도 인식하고 있었습니다. 그러한 삶 속에서 고아원 봉사를 하고, 대학을 마치고 취업을 했으니, 한순간도 자신의 삶을 허비한 적이 없습니다. 아들은 스님을 꼭 기억하고 싶다며 웃으며 사진을 찍습니다. 움직일 수 없는 상황에서도 놀랍도록 쾌활하고 배려 깊었습니다. 용기 있는 아들은 어머니를 꼭 닮았습니다.

그런 아들을 바라보는 숙이 보살님의 눈에는 눈물이 가득했습니다. 더 늦기 전에 심장 이식 수술이 빨리 되기를 간절히

기도하는데, 이 기도가 다른 누군가의 죽음을 바라는 것 같아서 더 고통스럽다며 결국 눈물을 쏟았습니다.

그래서 저는 생명의 인연은 수많은 선연(善緣)이 이어져야 하는 것이니, 차라리 모든 생명이 행복하고 기쁨이 가득하기를 발원하는 기도로 바꾸라고 했습니다. 그러면 그 선연들이 모여 마침내 수명을 잇는 큰 힘이 될 것이라고. 그러니 죄책감보다 더 큰 기쁨으로 생명을 받으시라고 말했습니다.

『발심수행장(發心修行章)』에 "어려운 일을 능히 할 수 있으면, 부처님처럼 존중받는다(難行能行 尊重如佛)"란 말이 있습니다.

부처님이 되려는 불자들에게 기도와 공부, 수행, 포교, 봉사는 평상의 일입니다. 평상의 일을 기꺼이 잘할 수 있다면 불자로서 가장 큰 자랑이요, 기쁨일 것입니다.

그러나 좋은 시절에 조용한 곳에서 기도와 수행을 고요히 잘하는 것은 누구나 할 수 있는 일입니다. 기분 좋을 때 친절하고 좋은 말 하며 상대를 존중하는 것은 아이들도 잘합니다. 자식이나 가족들에게 잘하는 것은 축생들도 하는 일입니다.

진정 잘하는 것은 하기 어려운 일을 즐겨 하는 것입니다. 가장 고통스러운 때 감사의 기도를 할 수 있어야 하고, 시끄러운 시장 속에서도 고요히 선정에 들 수 있어야 하고, 원수에게도 평등한 자비심을 베풀 수 있어야 참으로 잘하는 것입니다.

어느 한 사람, 말 한마디 때문에 도량 안에서 다투고 공부나 봉사, 수행을 그만두는 불자들이 많습니다. 원망을 품고 나쁜 말을 쏟아내 갈등하고, 대중 공양물을 가까운 사람들끼리 나누는 일도 숱합니다.

경전 한 구절 알지 못하지만, 생명의 여린 촛불 앞에서 밝게 웃으며 오히려 상대를 위로하는 이제 갓 서른의 아들 앞에서, 자식의 생명과 더불어 다른 이의 생명을 걱정하는 보살님의 눈물 앞에서, 진정 부끄러워해야 할 참회의 시간이었습니다.

존중받는 부처님은 멀리 있지 않습니다. 진정 어려운 일을 해내는 그 마음이 부처님입니다.

〔Chapter 3〕

봄과 여름 사이, 빛나는 우리

01
오늘, 어제보다 한 걸음 더

새해 첫날, 바다와 산에서 찍은 아름다운 해돋이 사진을 여러 장 받았습니다. 산과 바다 어느 곳이든, 새로운 희망으로 시작하려는 사람들의 마음이 전해집니다.

우리 절에서는 삼천 배 기도로 새해를 시작했습니다. 같은 날, 같은 시간의 태양이라도 사진 속 태양의 모습이 모두 다른 것처럼, 같은 삼천 배도 각각 모두가 다릅니다.

가장 나이 어린 기도자는 열 살인 명진이입니다. 작년에 천 배밖에 못 했다며 아쉬워하더니 올해는 큰 결심을 한 모양입니다. 주변에 신경 쓰지 않고, 힘들다는 말도 없이 스님에게 배운 자세 그대로 흐트러짐 없이 삼천 배를 했습니다.

할머니는 아직 여린 손자의 삼천 배가 안쓰러워, 며느리에게 그 힘든 걸 왜 시키느냐고 안달하셨습니다. 그러자 명진이는 엄마가 시켰으면 안 했다고, 자기가 하고 싶어서 하는 거라며 당당하게 대답했습니다. 그리고 부처님 주변에 빛이 나는 광명 세계를 보았다며 기뻐합니다. 보기 드물게 기적 같은 현증가피(顯證加被)를 입은 것이지요. 할머니는 그제야 명진이가 절 횟수뿐 아니라 마음도 훌쩍 자란 걸 알았습니다.

한 청소년 법우는 매번 삼천 배에 도전했으나, 어느 때는 꾀가 나서, 어느 때는 중도 포기하며 해마다 천 배를 넘기지 못했습니다. 올해도 시작한 지 얼마 되지 않아 속이 좋지 않다며 좌복에 얼굴을 묻은 채 좀처럼 일어나지 않았습니다.

저는 "너에게 삼천 배는 언젠가는 반드시 해결해야 할 숙명 같은 건가 보다. 올해 안 하면 내년에 또 이렇게 있을 것 같아. 기도는 모든 나쁜 것을 없애주니, 마음만 먹으면 아픈 것도 사라질 거야. 그렇게 해도 많이 아프면 집에 가서 쉬어"라고 다독였습니다.

법우는 한동안 생각에 잠겨있더니, 다시 절을 시작했습니다. 그렇게 애를 쓰더니 무수한 내적 갈등의 위기를 넘기고 마침내 삼천 배를 마쳤습니다. 아마 법우 본인은 스스로 걸려있던 삼천 배의 트라우마가 무엇인지도, '해결해야 할 숙명'이란 말의 뜻이 무엇인지도 몰랐을 것입니다. 하지만 환하게 빛나는 상쾌한 그의 웃음은 지켜보는 우리들에게도 큰 답을 주었습니다.

처음 절에 온 13세 지향이는 친구들 삼천 배를 응원 왔다가 분위기에 휩쓸려 500배를 했습니다. 가장 작은 절 횟수로도 삼천 배를 한 것보다 더 기뻐합니다. 생애 첫 기도에 으쓱하는 모습이 너무 예쁩니다.

기도에 동참한 모든 이들이 이렇게 한 걸음씩 성장해가는 것을 볼 수 있어서 힘들지만 참으로 행복한 시간이었습니다. 절

횟수가 얼마든, 시간이 얼마나 걸리든 모두가 기쁨과 행복을 느끼는 이유는 어려운 순간을 이겨내고 바른길에서, 바른 행을 통해 성장해가는 자신의 모습을 볼 수 있기 때문일 것입니다.

다른 누군가와 비교하는 것이 아니라, 큰 성과를 바라는 것이 아니라, 어제보다 나은 나를 발원한다면 어려움이나 좌절도 기쁨과 행복으로 바꿀 수 있을 것입니다. 어제보다 한 걸음 더 나아가는 오늘을 매일매일 실천한다면, 천 개의 태양보다 더 화려하고 밝은 마음의 태양을 매일 맞이하게 될 것입니다.

02

삶의 흐름을 관하는 순간

아직 쌀쌀한 날씨지만, 푸른 하늘과 햇살이 너무도 좋아 뒷산에 올랐습니다. 사시 기도에 참석했던 보살님 몇 분이 즐거이 동행했습니다. 수락산 둘레길을 따라가다 보니, 얼었던 계곡물도 반쯤은 녹았고, 상쾌한 공기는 온몸을 씻어냅니다. 햇빛 따라 비치는 나무 그림자가 예쁜 무늬를 그려주니, 걸음걸음이 춤추듯 가볍습니다.

높은 곳 바위에 앉아 도시를 내려다보며 보살님들도 환한 웃음을 지었습니다. 그 순간, 삶을 돌아보게 하는 특별한 시간이 되었습니다.

열정적인 삶을 살아가는 은행 부지점장인 50대 보살님은 최근에 스트레스로 인해 응급실에 실려 갈 정도로 많이 아팠다며, 삶에 대해 다시 생각하고 있다고 합니다.

"퇴직하기 전에 지점장이 되는 것이 목표였는데, 욕심에 마음이 급했나 봅니다. 여기서 세상을 내려다보니, 평생을 은행이라는 참 좁은 곳에서 살았구나, 하는 생각이 듭니다. 숨 쉬는 것만으로도 이렇게 행복한데…."

살고 있는 환경이 익숙해지면, 그곳에서 새로운 것을 찾아

내기 어렵습니다. 좁거나 크거나, 더럽거나 깨끗하거나 간에 익숙해지면 그저 일상이 됩니다.

마음도 그와 같아서 분노나 슬픔, 스트레스도 반복되면 자각하지 못합니다. 삶은 욕망에 익숙해지며 흘러갈 뿐입니다.

부처님 당시 인도인들의 삶의 주기를 살펴보면 네 가지 형태를 가집니다.

태어나 경전과 학문을 배우는 범행기(梵行期), 결혼해서 가정의 의무를 다하는 가주기(家住期), 살림을 자녀에게 물려주고 숲에 머물며 명상과 수행을 통해 지혜를 닦으며 자신을 완성해 가는 임서기(林棲期), 마지막으로 숲속의 거처까지 버리고 완전한 자신, 깨달음을 얻기 위해 스승을 찾아다니며 죽음을 맞이하는 유행기(遊行期)입니다.

삶의 후반기에 해당하는 임서기와 유행기는 우리의 삶과 비교하면 매우 독특합니다. 우리가 퇴직 후 재취업하거나 자녀들에게 얽매이며 세속의 삶을 되풀이하는 것에 비해 인도인들은 현생을 마무리하고 다음 생을 준비하는 기간으로 삼습니다. 수행을 통해 지혜를 닦고 자신이 가진 모든 것을 베풀며 자유롭게, 보다 적극적으로 죽음을 맞이하고, 또 윤회를 감당하고자 합니다.

팔순을 바라보는 노보살님이 "죽는 순간까지 내 손으로 밥해 먹으며, 내 몸을 가눌 수 있는 건강이면 최고다"라며 즉답(卽答)을 줍니다. 그리고 죽음의 마지막 순간은 법당 마루에서 햇빛과 나뭇잎을 보며 새들과 인사 나누고 명상에 잠긴 채 맞을 수 있기를 바란다고 했습니다.

노보살님은 지금까지도 불교대학 공부를 하고 법당 청소 봉사를 하고 있습니다. 칠순 여행 가는 대신 그 돈으로 보살님들에게 작은 선물을 나누어주기도 했습니다. 정성스러운 마음에 모두 감사하고, 존경하는 마음을 갖습니다.

며칠 전에는 조계종단의 '은퇴출가' 제도를 통해 출가한 분들의 첫 수계 소식을 들었습니다. 그러니 부처님 당시의 삶이 옛이야기도 아니요, 우리나라의 현실과 맞지 않는 것도 아닙니다.

노보살님의 삶도, 늦은 출가도 모두 아름답습니다. 생로병사(生老病死)의 삶 속에서, 생로병사를 벗어나고자 하는 마음은 언제나 바른길로, 붓다의 길로 안내합니다.

오늘, 자신의 삶의 흐름이 어떠한지, 세속적 삶을 되풀이하고 있지는 않은지 돌아보면 좋겠습니다. 푸른 하늘과 구름, 바람결 속에서 회광반조(廻光返照) 하는 짧은 명상의 시간이 있기를 바랍니다.

03
일상의 무량한 공덕

수계식을 앞두고, 어느 신도님이 보시하고 싶은데 무엇을 얼마나 하면 되는지 물어보십니다. 큰 행사라 여러모로 걱정되어 마음을 낸 것일 겁니다. 고마운 마음을 알면서도 이런 질문을 받을 때마다 망설이며 바로 답을 하지 못합니다.

절에 맞는 보시가 아니라, 신도님이 기쁜 마음으로 보시할 수 있는 정도가 얼마일까를 고민하기 때문입니다. 그의 마음에 딱 맞는 보시가 아니라면 많으면 많아서, 적으면 적은 대로 또 다른 번뇌가 생길 것이기 때문입니다.

결국 마음이 중요하니 어떤 것이든, 얼마든 기쁜 마음으로 하시라고 나름 가장 적절한 답을 합니다. 그런 제가 신도님 입장에서는 답답할 것 같기도 합니다.

고귀한 삼보에게 올리는 '청정한 믿음'은 가장 큰 보시입니다. 그리고 보시하는 공양물은 '청정한 믿음'을 드러내는 수단이요, 가장 수승한 표현 방법입니다. 그렇기에 부처님께서는 수자타 소녀의 유미죽 공양과 가난한 여인이 올린 작은 기름등불 공양이 수승하다고 칭찬하셨을 것입니다. 가장 순수한 믿음과 청정한 마음으로 빚어낸 공양물은 일상의 작은 물건임에도 황금과도 비교할 수 없는 큰 공덕을 성취했습니다.

며칠 전, 한 보살님이 고운 종이로 싼 신문지 한 장을 쑥스러운 듯 제게 건넸습니다.

주말에 봄맞이 대청소를 하면서 아들에게 유리창을 닦으라

고 신문지를 건넸답니다. 몇 분 뒤에 갑자기 아들이 큰 소리로 어머니를 부르더니, “우리 스님 사진이 있어서 유리창 닦이로 쓸 수 없다”라며 신문을 바꿔 달라고 했습니다.

보살님이 신문을 살펴보니 『세심청심』에 실린 제 글과 사진이 있는 면이었습니다. 일반 신문들과 섞여 있었는데, 아들이 용케도 작은 사진을 알아보았던 것입니다. 아들은 신문을 몇 번이나 손 다림질하더니, 스님께 꼭 전해 달라 부탁했습니다. 구겨지면 안 된다고 신신당부했다 합니다. 그렇게 건네받는 신문지 한 장이 저를 무척이나 기쁘게 했습니다. 저를 귀하게 여겨주는 아이의 깨끗한 마음이 너무나도 큰 선물이 되었습니다.

삼보와 관련된 모든 것은 귀하고 소중합니다. 그래서 처음 절에 들어오면 갖가지 물품을 어떻게 다루어야 하는지에 대해 숱하게 배웁니다. 그럼에도, 실수가 생깁니다. 오히려 아무것도 모르는 노(老)보살님들이 훨씬 더 잘하십니다.

부처님 전에 올리는 공양물은 가장 좋은 것으로 챙기고, 오는 길에 쉴 때도 땅에 내려놓지 않습니다. 일상에서 자연스럽게 드러나는 이러한 예법은 누가 시켜서가 아니라, 마음속에 청정한 믿음과 공경이 가득하기 때문입니다.

미얀마 사찰의 와불(臥佛)을 참배할 때, 한 소녀가 꽃을 부처님 발끝에 올리고, 그 발끝에 이마를 대는 모습을 보았습니다. 관광객들의 소란 속에서 소녀는 평온하고 고요했으며 사랑스러웠습니다. 세속의 흐름을 벗어나 청정한 곳에 머무는 소녀의 얼굴은 부처님에 대한 공경심과 사랑으로 가득했습니다. 그 순간이야말로 업을 맑히고 무량한 공덕을 성취하는 때일 것입니다.

마음에 믿음, 공경, 사랑이 가득 차 있다면 모든 것은 저절로 채워집니다. 그러면 삼보 전에 올리는 보시를 언제 어느 때나, 일상에서 기쁘게 할 수 있을 것입니다. 작은 것을 부끄러워하지 않고 큰 것을 자랑하지 않을 것이며, 스님에게 묻지 않아도 가장 기쁜 공양을 올리게 될 것입니다.

미얀마의 아름다운 소녀처럼, 신문 종이 한 장이 큰 선물이 되는 것처럼, 모든 생, 일상 전부가 수승한 공양이 되고 매일 불사하는 기쁨을 맞을 것입니다.

04
사랑스러운 말, 고귀한 습관

한 달에 한 번 있는 명상법회는 자신을 관하는 수행 시간이며, 동시에 웃음꽃이 끊이지 않는 놀이 시간입니다.

처음 만나는 이들과 인사 나누고 서로를 소개해 주는 첫 시간이었습니다. 자신의 파트너와 10분 정도의 짧은 미팅을 하고, 그 후 형식을 두지 않고 자유롭게 파트너를 소개합니다. 파트너의 이름, 나이, 주소 정도만으로 짧게 이야기하거나, '스타일이 멋지고 다정한 것 같다'라는 등의 칭찬을 통해 세세히 소개하기도 합니다. 서로 무척 즐거워합니다.

그러던 중, 굳은 얼굴로 앉아 있던 한 보살님이 부담스럽다며 참가 자체를 거부했습니다. 파트너는 물론, 모두가 어쩔 줄 모르며 당황했습니다.

사실, 프로그램을 진행할 때 저는 소개하는 파트너보다 말하는 본인을 더 많이 봅니다. 그가 사용하는 언어와 말투, 표정, 몸의 동작에서 그의 성격이나 마음 상태 등을 알게 됩니다. 그의 성향이 소극적인지, 적극적인지를 알고, 마음의 방향이 부정적인지, 긍정적인지를 압니다. 사투리를 쓴다면 어느 지역에서, 어떤 환경에서 자랐는지까지 쉽게 알 수 있습니다.

우리들의 말 속에는 이토록 많은 것이 담겨 있습니다.

부처님 당시 '필릉가바차'라는 수행자가 있었는데, 아라한과를 성취했으며 신통력에 자유자재했습니다. 그는 탁발을 위해 항하 강을 건널 때마다 강의 여신에게 "이 종년아, 내가 건너갈 수 있도록 강물을 둘로 갈라놓아라"라고 외쳤지요. 여신은 그의 모욕적인 말에 기분이 나빴지만 아라한의 요구를 거절할 수 없어 항상 강물을 둘로 갈라 길을 내주었습니다.

어느 날, 여신은 참다못해 부처님께 필릉가바차가 자신에게 욕을 하지 않도록 해달라고 청했습니다. 부처님은 필릉가바차를 불러 여신에게 참회하라고 했습니다. 그는 바로 참회하며 "이 종년아! 내가 사과하니, 나의 참회를 받아라"라고 말했습니다. 여신은 더욱 화를 냈고, 주변 사람들은 그를 비웃으며 조롱했습니다. 그는 스스로의 입을 막으며, 어쩔 줄 몰라 했지요.

그때 부처님께서는 "필릉가바차의 말투는 500번의 전생 동안 계속, 가장 높은 계급인 바라문으로 살면서 아랫사람을 하대한 업의 습관 때문이다. 업신여기거나 교만한 마음에서 그런 것이 아니니 이해하라"라고 말씀하셨습니다. 여신은 그제야 그를 오해했음을 알았습니다.

우리들은 자신의 말하는 습관을 인식하지 못합니다. 말투나 표정, 행동으로 인해 서로 오해하고 상처를 주기도 합니다. 마음이 아무리 다정해도 말이 거칠면 사람들에게 외면당하고, 말을 아무리 잘해도 마음이 깊지 않으면 사귐이 길지 않습니다.

명상법회 참석을 거부했던 보살님을 아이처럼 보듬으며 대화를 끌어가니, 조금씩 입을 열기 시작했습니다. 법회가 끝날 때쯤에야 대중들은 보살님의 참가 거부가 싫다는 뜻이 아니라 내성적인 성격 때문인 것을 알았습니다.

태어날 때부터 했던 말이니 별것 아닌 것 같지만, 사람 사귐에 가장 중요한 부분입니다. 사랑스럽게 말하고, 고귀한 언어로 표현할 수 있도록 훈련해야 합니다. 어떻게 하면 서로에게 참되고 깨끗한 인연으로 오래 마주 이야기할 수 있을지 고민해 보아야 합니다.

부처님은 모든 중생을 고통에서 벗어나게 하는 자비로운 사랑으로 고귀한 가르침을 전하셨습니다. 그러니, 가장 뛰어난 '말하기 모범은 바로 부처님입니다. 부처님 말씀인 경전을 부지런히 독송하고 배우고 익힌다면 사랑스러운 언어로 말하는, 가장 고귀한 구업(口業)을 얻게 될 것입니다.

05

봄과 여름 사이, 빛나는 우리

해가 떠오를 때쯤, 포행을 나섭니다. 매일매일 홀로 걷는 오솔길을 나름대로 명상길이라 이름 붙이고, 하루를 시작하는 첫 소일거리로 삼은 지가 한 철이 지났습니다. 털모자를 쓰고 걸었던 길이 산철쭉과 진달래 피어나는 봄이 되었습니다. 새색시 같은 연분홍과 붉은색의 꽃잎들이 햇살을 받아 빛을 내며 꽃길을 만들었습니다. 꽃길을 걷는 저의 발걸음은 바람에 흔들리는 꽃잎마냥 가벼워집니다. 경망스러운 듯해 발길을 눌러보지만, 어림없습니다.

어느덧 봄날의 꽃잎이 지면 연두색 연한 잎들이 자그마한 아기 손을 내밀어 그림자를 만들기 시작합니다. 넓은 바위 앉아 하늘을 바라보면 연두색 잎 사이로 흰 구름이 파도처럼 흩어집니다. 쉬어가는 발걸음은 점점 느려져, 오고 가는 길이 두 배의 시간이 더 걸립니다.

한 철 동안, 숲길에서 만나 인사 나누는 사람들도 많아졌습니다. 처음에는 시선 맞추기도 힘들어하더니, 이제는 먼저 인사하는 이들도 있으니 제법 정겨운 친구가 되었습니다.

5월의 오늘은 명상여행 프로그램에 참가한 어린이, 청소년 법우들과 함께했습니다. 따가운 햇볕을 피해 새벽빛이 남아 있는 숲을 묵언하며 걷습니다. 아이들의 발자국 소리와 새 소리가 어우러집니다.

홀로 걷던 숲이 더욱 풍요롭습니다. 햇살이 선명할수록 산빛도 선명해지고, 숲 그림자도 또 하나의 숲을 만듭니다. 우리들의 행렬은 숲 사이로 흐르는 물처럼 부드럽고 고요합니다. 전날 밤, 놀이하며 뛰어놀던 아이들이 1시간 동안 묵언하며 걷는 모습이 너무도 대견했습니다.

즐겨 명상하던 소나무 숲, 넓은 바위에 아이들과 함께 앉았습니다. 어떤 아이들은 아예 누워버립니다. 숲과 함께하는 우리들의 모습은 마치 오랜 시간 숲에서 살았던 것처럼 편안하고 자연스럽습니다. 숲이라는 보물 속에 더욱 큰 보물들이 앉아 있으니, 참으로 귀하고 값진 아침입니다. 떠오르는 햇살 속에 멀리 보이는 도시가 어둠을 걷고 살아납니다. 그제야 아이들의 환호가 터져 나옵니다. 하산길에 만난 몸집 큰 멧돼지를 보고 경이로움으로 손짓, 발짓하는 아이들의 모습이 생명력으로 빛납니다.

매일매일 같은 길을 걷는데 어쩌면 이토록 순간순간이 새롭고 설렐까요! 혼자이거나 둘이거나, 고요하거나 환호가 일어나거나 모든 순간이 기쁨이 되는 것은 마음공부의 힘일 것입니다.

9세 어린이 법우가 “처음 올라갈 때는 너무 느려서 짜증 나고 앞 사람이 걸려서 힘들었는데 나중에 걸음을 맞춰가니 편안했다"라고 말합니다. 새벽 맑은 공기가 너무도 좋았고, 숲에서 명상하는 시간이 기운 났다고 합니다.

똑같은 숲을 거닐지만 어떤 이는 설렘과 기쁨을, 어떤 사람은 힘들거나 고통을 느낍니다. 만약 숲이 기쁨을 주는 것이라면, 모두가 똑같이 기뻐해야 하지만, 모두가 다릅니다. 기쁨과 고통 등 모든 마음은 자신이 만들어내기 때문입니다.

생로병사(生老病死)는 모두에게 있지만, 변화무쌍한 희로애락(喜怒哀樂)은 스스로 만들어내는 것입니다. 그래서 마음공부는 희로애락을 다스려 삶을 행복하게 하는 중요한 수행입니다. 아이들이 그것을 알아가는 것이 너무도 기쁩니다.

아이들의 길고 긴 삶에서, 파랑새를 찾아 너무 멀리 가지 말고, 특별한 새로운 것을 찾아 너무 오래 방황하지 않았으면 합니다. 봄이 지나가고 여름이 오는 짧은 찰나 속에서, 오늘처럼 빛나는 나를 알아차릴 수 있다면 삶의 어떤 순간에도 희망과 기쁨을 만들 것입니다.

우리 아이들이 언제나 보호받고 행복하기를!

06

부처님께 은혜 갚는 일

곧 아이들의 여름방학이 시작되고, 절에서는 템플스테이가 열립니다. 기대를 갖고 어린이와 청소년들에게 친구를 데려오라고 하면 곤란해합니다. 친구들 대부분이 교회를 다니니 자신이 절에 다닌다는 말도 잘 하지 않게 됩니다. 때로는 학교에서 종교적인 문제가 생겨도 아이들로서는 어려운 일입니다.

어린이 법회 날이면 1시간 이상 일찍 오는 10세 여자 어린이가 있습니다. 절에 오는 것을 좋아해서, 법회 준비나 청소까지 모든 일을 즐겨합니다. 이번 법회에도 일찍 와서 법당 좌복과 기도 책을 미리 펴주었습니다. 그런데 평소와는 달리 제 곁에만 맴도는 것을 보니, 무언가 할 말이 있는 것 같았습니다. 머뭇거리다 결국 법회가 다 끝나고 나서야 말합니다.

"스님, 하느님과 부처님 중에서 누굴 믿어야 천국 가나요?"

본인으로서는 무척 고민을 많이 했을 천진한 질문에 웃음을 감추고 "누구를 믿든, 착한 일을 많이 하는 사람이 천국 가지" 라고 대답했습니다. 답이 마음에 들었던지 고개를 끄덕입니다.

"지금처럼 부처님 말씀 따라 좋은 일을 많이 해. 그럼 걱정할 것 없지!"라고 했더니, 씩씩하게 "네!" 대답합니다.

나중에 아이의 어머니한테 들었더니, 학교 친구 중에 교회에 다니는 친구들이 하느님을 믿어야 천국 간다며, 절에 다니면 지옥 간다고 해서 딸이 울기까지 했답니다. 혼자서는 친구 모두를 상대할 수 없었으니, 더 속상했을 것입니다. 이런 상황들이 어린이집에서부터 이미 시작됩니다. 비슷한 이야기를 들을 때마다 저 역시 안타깝습니다. 그래서 어린이들에게 신경을 많이 씁니다.

지난달부터 어린이, 청소년 템플스테이를 알리기 위해 포교를 시작했습니다. 카카오톡이나 문자 안내를 시작으로, 직접 홍보지를 만들어서 초등학교 앞이나 지하철 입구에서 음료와 함께 나누어주기도 했습니다. 신도님들 손에 30장씩 쥐어주면서, 친구나 이웃집에 한 장씩 전해달라고 부탁합니다. 주변의 아파트 게시판에 붙이기도 합니다.

신도 수가 많지 않은 우리 절로서는 이런 방법의 포교에 한계를 느끼지만, 직접 설명하고 소개할 수 있는 유일한 방법이라 포기할 수도 없습니다.

마음이 힘든 어느 날, 충북 진천의 작은 암자에서 어린이 법회를 하는 스님과 전화 통화를 했습니다. 스님은 건강이 좋지 않아 요양 중인 상황에도 2년 전부터 어린이 법회를 시작했습니다. 지금은 20여 명의 아이가 온다고 합니다. 지난주에는 아이들을 태워 올 봉고차를 중고로 샀다며 자랑합니다. 어린이 법회 이야기를 하는 내내, 웃음 가득한 스님의 목소리를 들으니, 저도 힘이 나는 것 같습니다.

결과가 만족스럽지 못하다고 해서 과정의 공덕이 사라지는 것은 아닙니다.

"만약 부처님의 가르침을 전하여 중생을 제도하지 못하면(若不傳法度衆生) 끝내 부처님의 은혜를 갚을 길이 없으리라(畢竟無能報恩者)."

전법의 중요성을 말하는 이 게송처럼 세세생생 부처님을 의지해 살아가면서 우리가 유일하게 부처님께 은혜 갚는 일이 포교입니다.

오늘 저녁 해 질 무렵, 퇴근하고 세 분의 보살님들이 절에 올라왔습니다. 지하철과 동네에 홍보지를 돌리려고 서로 시간을 맞추신 겁니다. 더운 날씨에 2시간 동안 땀 흘리며 애를 쓰는 모습을 보니 미안하고 대견합니다.

우리들의 작은 노력들이 모여 큰 결실을 거둘 날이 올 것입니다. 우리 아이들이 두려움 없이, 언제 어디서나 세상 모든 이들과 함께 부처님 이야기를 할 수 있는 날이….

07

마음이 있는 존재라면

템플스테이나 행사를 하면 마지막에 회향 설문지를 작성하도록 합니다. 같은 시간, 같은 장소, 같은 프로그램을 하는데도 좋고 나쁨은 모두 다 다릅니다. 각자의 생각이 전혀 반대의 결과를 가져오는 것이지요.

처음으로 명상 순례 여행에 동참한 분이 사찰의 큰방에서 다 함께 잠자는 것이 힘들었다고 얘기합니다. 그러자 옆에 있던 한 보살님이 설악산 봉정암 가면 눕지도 못한다며, 이 정도면 호텔이라고 웃습니다.

항상 집에서 혼자 씻던 아이들은 동성(同性)이라도 여럿이서 함께 샤워하는 것을 힘들어합니다. 반대로 오랫동안 어린이 법회를 다닌 아이들은 절에 오면 같이 자고 같이 씻는 것을 당연하게 여기며, 처음 만난 동생들의 옷까지 챙겨 입혀줍니다.

상담할 때도 마찬가지입니다. 대개 각자의 삶에서 일어나는 생로병사(生老病死), 가족과 친구 등 여러 인연에 대한 고통을 이야기합니다. 그런데 스스로 찾아내는 답은 모두 다릅니다. 기본적으로 갖고 있는 마음의 방향에 따라 분노와 절망, 용서와 희망의 다른 미래를 갖습니다.

우리들은 희로애락(喜怒哀樂)을 늘어놓기만 할 뿐, 스스로 거두고 해결하는 방법은 배운 적이 없기 때문에 항상 흔들리고 쳇바퀴 돌 듯 계속 반복합니다.

모든 고통, 숱한 감정에서 벗어나는 방법은 오직 진리에 관한 공부와 수행뿐입니다. 모든 것이 마음에서 비롯되며, 희로애락의 원인이 오직 마음에 있기 때문입니다. 결과를 바꾸고 싶으면 원인을 바꾸어야 합니다. 그러니 자신의 희로애락을 바꾸고 싶으면 곧 마음을 바꾸어야 하는 것이지요.

모든 행사와 상담의 답은 결국 수행, 마음공부로 귀결됩니다. 수천 가지의 마음을 이야기해도 마지막에는 불교 공부와 수행하기를 거듭거듭 당부할 수밖에 없습니다. 수행은 '마음'에 대한 것이기에 '마음'을 갖고 있는 존재라면 언제나 큰 힘을 발휘합니다.

우리는 의식주(衣食住)를 비롯해 운동이나 병원 치료 등 숱한 방법으로 몸을 관리합니다. 뿐만 아니라 집안의 사소한 물건까지도 매일 청소하고 세세히 닦아 가며 관리하지요. 그보다 더 자주 쓰고, 더 격렬하게 반응하며, 더 치명적인 결과를 가져오는 마음은 왜 관리하지 않고 내버려 둘까요?

마음이 일상이기에, 수행 역시 무언가 일이 있을 때만 선택해서 쓰는, 특별하고 고귀한 일이 아니라 일상의 일이어야 합니다. 마음을 갖고 쓰는 우리 모두에 대한 일입니다. 수행은 바로 그 마음을 관리하고 조절하며 행복하게 하는 일입니다.

이는 종교나 사상, 남녀노소, 대통령이거나 백성이거나, 부자이거나 가난하거나, 머리가 좋거나 나쁘거나 간에 그 무엇과도 상관없이 마음 있는 이라면 누구나 수행해야 한다는 뜻이기도 합니다. 만약 신이 '마음' 수행을 했다면 그의 신성한 역사에 분노와 질투에 의한 물과 불의 벌이나 살생의 기록은 없었을 것입니다. 정치인들이 마음 수행을 했다면, 인류 역사에 탐욕과 분노, 질투, 어리석음에 의한 전쟁의 기록은 없었을 것입니다.

잠시도 쉬지 않고 쓰는 마음을 관리하는 일은 지금 당장 해야 할 가장 급한 일입니다. 그래서 『선가귀감(禪家龜鑑)』에 이르기를, "머리에 붙은 불을 끄듯이 공부하라(如救頭燃)"라고 하신 것입니다.

마음 수행은 쉽습니다. 자신의 호흡을 관하는 것만으로도 시작할 수 있습니다. 그럼에도 혼자 하기 힘들다면 템플스테이와 여러 명상 캠프에 참가하시기 바랍니다. 호텔이든 큰방이든, 혼자든 여럿이든 우리를 더 행복하게 할 것입니다. 지금, 바로 가장 아름다운 마음 여행을 시작하십시오.

08
타인의 삶을 나의 삶처럼 이해하는 지혜

"열 길 물속은 알아도 한 길 사람 속은 모른다"라는 옛 속담이 있습니다. 다른 사람의 마음을 이해하는 것이 무척 어렵다는 뜻이지요.

『유마경』에는 "중생이 아프면 나도 아프고(以一切衆生病是故我病), 중생의 병이 나으면 나의 병도 없어질 것이다(若一切衆生得無病者則我病滅)"라는 구절이 있습니다. 중생의 삶을 나의 삶처럼, 하나의 삶처럼 이해하고 포용한다는 불보살의 서원입니다. 이를 보면, 불교적 삶이 세간의 삶과 얼마나 다른지 알 수 있습니다.

추석 합동 차례가 끝난 후, 70대의 노거사님이 봉사하는 보살님들에게 작은 봉투에 용돈을 챙겨주셨습니다.

"며칠 전부터 장 보고 김치를 담그고, 오늘 새벽부터 이렇게 차례 음식 장만하느라 고생하셨습니다. 보살님들 덕분에, 우리는 편하게 놀러 오듯이 절에 와서 차례 지내고 점심 공양까지 잘 먹습니다" 하며 칭찬도 듬뿍 해주십니다.

보살님들은 어린아이처럼 환하게 웃으며 좋아했습니다. 노거사님의 세심한 칭찬은 다른 참석자들에게도 큰 영향을 주었습니다.

참석자들 대부분은 2시간 정도의 기도와 법문이 합동 차례의 전부라고 생각하고, 절에서 받는 모든 편리함을 당연하게 여깁니다. 그런데 노거사님의 말씀을 듣고서야, 자신들이 해야 할 일을 다른 누군가가 대신했다는 것을 인식했습니다. 모두 한마디씩 감사의 인사를 하며, 설거지와 청소 등 뒷정리를 기꺼이 도와주었습니다. 보살님들도 감사한 마음으로 대하니 웃음꽃이 가득합니다.

사람들 대부분은 눈으로 보는 것만을, 자기 생각대로 이해합니다. 그런데 이렇게 모든 부분을 상대의 입장에서 이해하는 특별한 능력을 가진 분들이 있습니다.

공감 능력이 뛰어나 상대의 삶과 고통을 쉽게 이해합니다. 곧 상대에 대한 배려, 자애로운 말과 행동으로 이어지고, 상대의 마음을 기쁘게 합니다. 빛이 어둠을 밝히듯, 주변의 사람들까지 밝고 긍정적으로 바꿔놓습니다.

올해 손자를 보신 보살님은 잘 키운 아들과 착한 며느리를 항상 자랑스럽게 생각합니다. 그런데 이번 추석날, 아들 내외가 이혼하겠다며 크게 싸워서 눈물을 쏟았습니다. 서로 단점과 속상한 것들을 쏟아내고, 자신만 고생하고 희생한다고 생각하며 억울하다고 합니다.

보살님이 "사람은 누구나 장단점이 있으니, 서로를 이해하라"라고 아무리 타일러도 받아들이지 않는다고 합니다. 어머니가 볼 때, 아들도 며느리도 충분히 서로를 이해할 수 있는 작은 일인데 말입니다.

중생의 삶은 고통입니다. 이것이 사성제(四聖諦) 중에서 고성제(苦聖諦)입니다. 생로병사(生老病死)와 숱한 욕망으로부터 일어나는 고통은 남녀노소, 갓난아기까지도 모두가 똑같이 겪습니다. 나의 고통과 모든 생명의 고통이 같음을 아는 사람은 모든 중생에게 연민을 일으키고 그의 고통을 이해합니다. 그러니 고성제의 진리를 아는 사람은 살아있다는 것만으로도 모든 대상을 대견하게 여기게 됩니다. 하물며 그가 나의 가족이라면 얼마나 사랑스럽고 어여쁘겠습니까! 원망이나 억울함은 일어날 틈도 없을 것입니다.

추석날, 모든 대중을 즐겁게 해주신 노거사님께 감동했다고 말씀드리니 "세상을 떠난 아내에게 이런 말을 해주지 못했습니다. 아내의 삶을 좀 더 빨리 이해했더라면 얼마나 좋았을까요" 하고 아쉬워했습니다. 그리고 절에 다니면서 이런 지혜를 얻었고 매일매일이 즐거우니, 감사하다고 합니다.

불보살의 삶을 배우고 실천하는 이들은 중생의 삶을 나의 삶처럼 이해하는 지혜를 갖게 됩니다. 그는 가장 이상적이고 아름다운 삶을 살아갑니다. 보살의 삶은 경전이 아니라 일상의 평범한 삶 속에 두루두루 있습니다.

09

현재의 삶을 살다

연화 보살님은 결혼한 지 30년이 지난 지금, 가부장적인 남편과 이혼하려고 집을 나왔습니다. 아이들이 다 자란 뒤에야 겨우 자신의 삶을 찾아 나선 것입니다. 그러나 자신이 원하는 삶이 무엇인지 모릅니다. 평생 혼자 외출한 적이 없고, 친구도 없습니다. 자신의 생각을 말하는 법을 잊었고, 감정을 표현할 줄도 모릅니다.

이혼 조정을 위해 남편과 만날 때마다 두렵습니다. 말을 잘하는 남편은 당당하고, 보살님은 자신의 고통을 설명할 줄 몰라 쩔쩔맵니다. 남편은 '앞으로 잘하겠다'라고 애원하고 울기도 하며 이혼에 합의해 주지 않습니다. 주변에서는 다들 그렇게 산다며 화해하라고도 권합니다.

혼자 남는 것이 두려운 보살님은 이 순간마다 혼란스럽습니다. 30년 동안 변하지 않았던 남편이 그의 말대로 변하는 '불가능한 일'이 생긴다면, 다시 같이 살아도 좋을 것 같습니다. 결국 우울증과 불면증으로 정신과 치료를 받아야 했습니다.

우리 절에 온 것은 이렇게 힘든 시절이었습니다. 기도와 공부를 시작하고 겨우 안정을 찾기 시작했습니다. 이혼의 결과에 대한 두려움보다는 현재의 자신을 알아차리는 연습을 시작했습니다. 하지만, 재판을 받기 위해 다녀오면 겨우 갖춘 안정감은 다시 흔들립니다. 과거의 고통이 더욱 강하게 되살아납니다.

연화 보살님뿐 아니라, 우리는 모두 이러한 삶을 삽니다. 중생의 삶은 탐진치(貪瞋癡)에 의해 일어나는 갈등의 연속입니다. 그럼에도 고통의 근원인 탐진치를 제거하기보다는 현상에만 집착합니다. 가족이나 친구, 직장에서 일어나는 과거의 고통스러운 기억들을 평생 되풀이하며 마음의 병을 키워나갑니다. 먹고 자고 움직이는 단조로운 일상이 지옥으로 변합니다.

불교는 항상 현재의 나를 보고, 알아차리는 연습을 합니다. 지난 과거는 우리를 성장시키는 경험이며 배움터이기에 교훈으로 삼고 버립니다. 미래는 오늘을 바탕으로 변하는 것이기에 아예 생각할 필요가 없습니다. 바른 삶의 방식을 정했으면, 그대로 오늘을 열심히 사는 것만이 우리가 할 수 있는 일입니다.

옛날 어느 황제가 신하와 함께 왕국의 바닷가 항구 도시로 나갔습니다. 수많은 배가 항구 주변을 부지런히 오갔고, 왕은 신하에게 물었다.

"몇 척의 배가 들어오고, 몇 척의 배가 나가고 있는가?"

신하가 대답했습니다.

"폐하, 세 척의 배가 들어오고, 세 척의 배가 나가고 있습니다."

황제가 놀라서 되물었습니다.

"저렇게 많은 배가 있는데 어찌 세 척뿐이라고 하는가?"

"저는 세 척의 배만 보입니다. 하나는 돈, 하나는 섹스, 하나는 권력의 배입니다. 인간은 이 세 척의 욕망의 배를 타고 왔다 갔다 하면서 삶 전체를 살아갈 뿐입니다."

신하의 대답은 매우 근원적입니다.

불교에서 이 세 척의 배는 탐진치입니다. 현재를 사는 사람은 세 척의 배에서 떠난 사람입니다. 그는 풍랑을 겪어도 풍랑일 뿐, 자신의 마음을 병들게 하지 않습니다. 언제나 평화롭고 자유롭습니다.

그래서 삶의 희로애락(喜怒哀樂)이나 세상의 일에 흔들리지 않고 자신만의 항해를 해나갑니다. 실패를 통해 더 강하고 현명하게 될 것이며, 성공을 통해 더욱 겸손하고 하심(下心)하게 될 겁니다. 마침내 그는 마음의 병이 없는, 모든 이들의 존경을 받는 지혜롭고 덕망 높은 노인이 될 것입니다.

연화 보살님이나 우리 모두, 고통스럽고 혼란스러운 현재 상황에서도 불교 공부를 절대 포기하지 않기를 바랍니다. 그러면 육체가 스러지는 노인이 되어서도 마음은 여전히 성장할 것입니다.

10

동안거 - 죽음과 수행

저의 일상은 죽음과 매우 친근합니다. 신도나 가족, 이웃 등 인연들은 그물망처럼 이어져, 그들의 병고(病苦)와 죽음을 함께 합니다. 병문안을 시작으로 장례식장, 입관 등 항상 기도하게 됩니다. 가장 가까이 보기에, 죽음은 항상 제 옆에 붙어 있습니다.

그럼에도 죽음에 대한 소식을 들을 때마다, 그의 고통이 저를 아프게 합니다. 제 기도가 모자란 듯해서, 죄책감에서 벗어나기 힘들 때도 있습니다.

때로 죽음에 관한 이야기를 그만 듣고 싶어 도망가고 싶을 때도 있습니다. '죽음'이란 그림자가 짓눌러 숨을 쉬기 힘들면, 새벽빛이 들 때까지 오랫동안 법당을 거닙니다.

한 달 전쯤, 오래전부터 알았던 어느 거사님이 암으로 입원했다는 소식을 들었습니다. 너무도 뜻밖이라 부랴부랴 문병을 갔습니다. 감기 한 번 앓은 적이 없는 건강한 분이라, 가족들도 모두 넋을 잃었습니다.

2주 동안을 물 한 모금 먹지 못해 많이 말랐습니다. 거사님의 마른 손을 잡으니, 눈물을 흘립니다. 아내는 그동안 말도 없고 표정도 없던 거사님이 처음으로 말문을 열었다며 같이 울었습니다. 거사님은 자신의 병이 심각함을 알고 있는 듯했습니다. 거사님은 가장 큰 두려움 두 가지가 있다고 말합니다. 아직 젊은 아내, 딸에 대한 걱정과 자신의 죽음에 대한 두려움입니다. 한 번도 죽는다는 생각을 해보지 못했는데, 너무도 두렵답니다.

저는 거사님께 "저도 죽음이 두렵습니다"라고 답했습니다.

수년 전 무문관(無門關)에서 동안거를 보내던 날이었습니다. 몸이 많이 아팠는데, 작은 방 안에서 죽겠다는 생각이 든 후에 일주일 정도를 먹거나 잠들지 못했습니다.

그날 밤은 검은 어둠 속에서 쏟아지는 폭우와 거센 바람 소리가 죽은 이들의 비명처럼 들리고, 창밖의 대나무 그림자가 요동치고 기왓장이 흔들렸습니다. 금방이라도 지붕이 무너져 순식간에 파묻힐 것 같았습니다. 거대한 태풍의 눈 가운데 갇힌 것처럼, 천장을 바라본 채 방 가운데 얼어붙은 듯 서 있었습니다. 시간이 얼마나 지났는지도 모르겠습니다.

그때 문득 제 입으로 수없이 말했던 경전 구절이 머리를 때린 것처럼 떠올랐습니다.

"노인도 죽고, 20살 청년도 죽고, 한 살 된 아이도 죽는다."

저는 그 밤에, 겨우 죽음에 대한 공포를 벗어났습니다.

죽음이란 누구나 가는 길이니, 어렵지도 두렵지도 않은 평범한 일상의 일일 뿐이지요. 죽음에 대한 두려움이 사라지면

삶에서 일어나는 수많은 악행에 대한 두려움도 사라집니다.

병실에 누워 있는 거사님께 제가 죽음의 공포에서 벗어난 이 이야기를 해 드렸습니다. 제가 수없이 듣고 말했어도 내 것으로 만들지 못했던 그 구절을, 거사님은 첫 한마디에 이해했습니다. 죽음의 두려움이 자신의 것인, 더 이상 문이 없는 간절한 이에게 다른 설명은 필요 없었습니다.

우리는 경전의 수많은 구절을 듣고 암송하고 배웁니다. 하지만, 진정 체득하고 자신의 것으로 만들기는 어렵습니다. 또한 경전을 아는 만큼 수행의 힘이 비례하여 증장하는 것도 아닙니다.

오직 지극히 간절한 마음으로, 오롯이 정진하는 사람들이 참선이든 공부든 기도든, 어디서나 길을 찾아냅니다. 그리고 더 빨리 진리의 세계로 나아가고, 훨씬 빨리 체득합니다.

동안거가 시작되었습니다. 우리 모두에게 생사(生死)를 벗어날 길이 열렸습니다. 그 길에서 무엇을 할지 자신만이 선택할 수 있습니다.

11

마음의 병

어린이 법회에서 봉사하시는 김 보살님이 절에 올라왔습니다. 시골 사시는 친정아버지가 전립선암 초기라 수술했는데, 건강하던 어머니가 갑자기 머리가 아프다며 일어나지 못한다고 합니다. 큰 병원에서도 병의 원인을 찾지 못했습니다. 얼마나 아픈지, 마약 성분이 있는 가장 강한 진통제를 써도 소용이 없었습니다.

어머니는 "아버지가 수술하러 서울에 올라오기 전에 광에 대못을 박았는데, 광을 건드려서 내가 아프다"라며 이상한 이야기만 계속하신다고 합니다.

김 보살님은 이런 미신적인 이야기를 스님께 하면 혼날 줄 알지만, 어머니가 너무 아파서 잠도 못 자고 귀에서 이상한 소리까지 들린다고 하니, 어떻게 해야 할지 모르겠다고 합니다. 무속적인 신앙에 익숙한 어머니에게 어떠한 논리적인 이야기도 소용없을 겁니다.

저는 기도 후에, 부처님 전에 올린 청수를 담아주며, 집안 곳곳에 뿌리라고 했습니다. 그리고 종이에 〈옴 마니 반메 훔〉 진언을 써서 주며, 광에 붙이라고 했습니다. 21일 동안 아침마다 청수를 떠 놓고 삼배를 올리고 그 물로 집 안에 뿌리라고도 했습니다. 어머니가 평소 익숙할 만한 방편은 다 드린 셈입니다.

그리고 며칠 후, 김 보살님이 정말 신기하다며 전화했습니다. 어머니의 극심한 고통이 말끔히 나으셨고 이명도 사라지고, 멀쩡하다고 합니다.

저는 항상 일체유심조(一切唯心造)를 강조합니다. 모든 일은 마음 가는 방향으로 만들어지고, 나쁜 것들은 사람들의 마음을 더 강하게 사로잡습니다. 그래서 토정비결이나 일체 잡다한 점 같은 것도 보지 말라고 신신당부합니다. 순식간에 구렁에 깊이 빠지고 벗어나지 못하게 됩니다. 마음에서 병이 시작됩니다.

오쇼 라즈니쉬라는 인도 수행자가 있었습니다. 어느 날 한 남자가 찾아와 자신의 배 속에 파리 두 마리가 있으니 잡아달라고 합니다. 인도의 수많은 의사를 찾아갔지만, 모두 상상이라고 하거나, 그의 머리가 잘못되었다거나 또는 미쳤다고 했습니다.

무어라고 하든 간에 그의 배 속에서는 파리 두 마리가 온몸 속을 헤집고 다니고, 귀에서는 "윙윙" 하는 파리 소리가 끊임없이 들려왔습니다. 자기는 절대 미치지 않았지만, 곧 미칠 것 같다고 했지요.

라즈니쉬는 그에게 파리가 배 속에서 길을 찾아 나올 수 있도록, 침대에 누워서 배를 쓰다듬으며, 눈을 감고 입을 벌리고 가만히 있으라고 했습니다. 그러고는 파리가 길을 찾아서 그의 입으로 나오면 자신이 파리 두 마리를 잡겠다고 했지요.

그 남자가 눈을 감고 누워서 배를 쓰다듬고 있는 동안 라즈니쉬는 파리 두 마리를 잡기 위해 땀을 뻘뻘 흘리며 온 집 안을 뛰어다녔습니다. 마침내 파리 두 마리를 잡아서 유리병에 담을 수 있었고, 남자의 손에 병을 쥐어주었습니다.

"당신 배 속의 파리가 입으로 나오는 걸 내가 겨우 잡았소. 이것이 당신 배 속에 있던 파리 두 마리오."

남자는 병을 들고 자기 말이 맞았다며 기뻐했습니다. 물론 바로 그 자리에서 모든 병이 깨끗이 나았습니다.

배 속이나 광에는 아무런 일이 없었습니다. 우리들을 비롯한 많은 사람들이 파리와 대못에 사로잡혀 있습니다. 모두 마음에서 시작된 것을 알지 못하기에, 실제 현상을 만들고 무서운 병을 만들어 스스로 죽음과 같은 고통을 얻습니다. 어리석음에서 벗어나 지혜를 갖추지 못한다면, 누구나 다 똑같습니다.

'내 마음에는 파리나 대못이 없다'라고 확고하게 자신할 수 있습니까? 자신의 마음이 지금 이 자리에서 무엇을 만들고 있는지 명확하게 볼 수 있을까요?

〔Chapter 4〕

오래오래 정성을 들이는 이유

01
복 짓는 첫걸음, 일상의 자비심

지난 휴일 어느 날, 예쁜 부부가 「세심청심」에 나오는 저의 글을 보고 찾아왔습니다. 독자가 직접 찾아오기는 처음이라 신기하기도 하고 기쁘기도 했습니다.

부부는 불교 공부도 같이하고, 틈날 때마다 전국 사찰을 순례할 정도로 신심이 깊었습니다. 함께 나들이하는 건강한 모습이 보기 좋았습니다.

간단히 차 한 잔을 놓으니 의외의 이야기를 했습니다. 지금까지 절에서 차를 마셔본 적이 없다는 것입니다. 어느 사찰이든 참배만 했지, 보살님이나 스님들과 이야기할 기회가 없었답니다. 스님을 만나 차를 마시는 설레는 장면은 텔레비전에서만 볼 수 있는 일이었지요. 아는 인연이 없으면, 차 한 잔도 무척 어려운 일이라는 걸 알고 저도 놀랐습니다.

사실, 절에 가면 서로 인사 나누는 것도 어색합니다. 종무소에 들어서도 기도 동참하는 등의 볼일이 없으면 이야기도 잘 나누지 않으니 불친절하다고 오해받기도 합니다. 스님들이나 신도님들이 대개 조용한 성품이라 그런 것 같기도 합니다.

불교의 가장 중요한 사상 중 하나가 자비심(慈悲心)입니다. 보살의 자비심은 인연의 멀고 가까움을 차별하지 않고, 상대를 연민(憐憫)하고 사랑하는 무량한 마음입니다. 자기 위주가 아니라 대상을 중심으로 한 마음이지요. 나아가 모든 만물이 그 대상이 되기도 합니다.

자비행이 이렇게 이상적인 큰 보살행만을 이야기하는 것은 아닙니다. 일상에서 대상을 향한 미소, 말 한마디, 작은 손길, 배려 하나하나 그 모두가 자비행입니다.

옛날 스님들은 토굴에서 안거를 보낸 후 떠날 때, 자신이 사용한 만큼의 장작과 물품을 채워 넣는 것으로 회향했습니다. 다음 사람이 토굴에서 지낼 것을 미리 생각해서 배려하는 것이지요. 그가 일반인일지 수행자일지, 얼마나 머물지 전혀 모르면서 행하는 일입니다.

봉사를 잘한다고 신도님들의 칭찬이 자자한 거사님이 계십니다. 특별하게 기술이 좋거나 시간을 더 많이 내는 것도 아닌데, 대중들이 좋아합니다. 이유를 물어보니 일을 마친 뒤, 뒷정리까지 깨끗이 해주시고 모든 도구를 제자리에 반듯하게 두기 때문이라고 합니다.

거사님은 화단에 물을 주고 난 뒤 물 호스 하나도 흐트러지게 두지 않습니다. 절 마당의 나뭇가지를 자르고 나면, 마당을 깨끗하게 청소하고 도구들까지 다음 사람이 쓰기 좋게 정리해서 둡니다. 그래서 도량에서 봉사하는 모든 분이 거사님이 오셨다 가면, 자신들이 일할 때 너무 편하다고 말합니다.

우리들의 자비행은 경전에서 설해지는 큰 보살행보다 일상에서 훨씬 더 다양하게 베풀어집니다. 우리가 아이들에게 항상 덕담하는 내용과 같습니다.

좋은 일은 나보다 남을 먼저 챙겨줍니다. 내가 차 한잔 마실 때, 주변 사람들의 차를 같이 타서 나누어주고, 공양할 때는 우리 가족보다 다른 이들의 공양을 먼저 챙겨줍니다. 자리에 앉을 때, 다른 사람이 먼저 앉도록 물러나면 됩니다.

그리고 힘든 일은 내가 먼저 나섭니다. 설거지나 청소, 봉사를 할 때는 다른 사람보다 내가 먼저 부지런히 움직여야 합니다. 내 고집을 버리고 상대가 하는 방법대로 나를 맞추어줍니다.

상대의 마음을 먼저 헤아린다면, 복은 저절로 쌓일 것입니다. 그래서 보살은 일상의 삶을 무궁무진한 복전(福田)으로 만듭니다.

새해에는 상대 입장에서 살펴보고, 차별 없는 자비심을 생활 속에서 실천할 수 있기를 바랍니다. 절에 오는 모든 이들의 손에 따뜻한 차 한 잔이 올려질 수 있도록 세상을 널리 널리 살펴보시길 바랍니다.

나의 손길, 나의 미소, 나의 말 한마디로 세상 모든 이들이 부처님을 더 가까이하고, 더 행복할 수 있기를 발원합니다.

02

일상의 소중함을 아는 지혜

코로나19로 인한 비상사태로 우리 절의 모든 기도와 법회, 행사를 멈춘 지 벌써 두 달째입니다. 경전 공부반과 어린이, 청소년 법회까지 모두 중단된 상태입니다. 게다가 부처님 오신 날까지 연기되는 미증유(未曾有)의 일도 일어났습니다.

금방 지나갈 듯했던 혼자만의 시간이 언제 끝날지 감이 잡히질 않습니다. 일상의 일들이 일상이 아니게 되자, 비로소 그 가치를 느낍니다.

매일 코로나19에 대한 뉴스만 보며 집 안에서만 머무르는 신도 가족들이 힘들어하는 소식을 들었습니다. 두려움과 공포, 압박 속에서 신경이 날카로워지고, 친한 이웃 간에도 견제하는 마음 때문에 스트레스로 미칠 것만 같다고 합니다. 봄꽃 소식이 들려오는데, 마음은 겨울 속에 멈추어 있습니다.

심리적인 고통이 심해지는 우리 절 가족들에게 조금이라도 힘이 될 일을 생각했습니다. 기도하라는 말 대신, 핸드폰으로 사시 기도를 녹음해서 모든 신도님께 톡으로 보내드렸습니다.

지난 관음재일에는 노트북으로 유튜브 실시간 방송도 해보았습니다. 생전 처음, 서툴게 해보는 일이라 음질이나 화질,

연결 상태가 좋지 않았지만, 다행히도 다들 좋아하셨습니다.

그날 저녁, 한 보살님이 영양 찰밥을 해서 부리나케 절에 올라오셨습니다. 얼마나 서둘렀던지, 아직도 밥이 뜨거웠습니다. 놀라 감격하는 저를 보시더니, 집에서 스님 기도 소리 듣는 것에 비할 수는 없다고 답했습니다. 마치 절에서 스님과 같이 기도하는 것 같아서 마음이 뻥 뚫리는 것 같답니다. 그렇게 좋아하시니, 저 자신의 서투른 용기가 갑자기 대견해집니다.

어린이, 청소년들의 코로나 발병률이 높아진다는 소식에 아이들이 걱정되었습니다. 법회를 쉬어서 졸업과 입학도 축하 인사 없이 지났습니다. 생각다 못해 소소한 선물을 준비했습니다.

학용품과 바람떡, 과일, 과자로 선물 세트를 만들고 손편지를 써서 넣었습니다. 그리고 어린이 법회 선생님들에게 집집마다 찾아가 전하는 특별 배송을 부탁했습니다.

코로나19가 전염성이 강하다 보니, 직접 방문하는 것을 부모님들이 꺼리지 않을까 걱정하고 고민하며, 청결에 더욱 신경 써서 준비했습니다.

우려했던 것과는 반대로, 감사의 인사가 이어졌습니다. 저의 마음을 알아주는 가족들이 무척 고마웠습니다. 더 멋진 일은, 아이들이 제게 답장과 귀여운 간식 선물을 보내온 것입니다.

초등학교 2학년 다인이의 꽃편지에는 집에서 키우는 애완동물 팬더마우스 이야기로 가득했습니다. 법회를 무척 기다리

고, 보고 싶다는 끝인사가 제게 기쁨을 주었습니다.

계속 방학이었으면 좋겠다던 주원이는 너무 심심해서 이제는 빨리 학교 가고 싶다는 이야기와 눈 내리는 날 절에서 놀았던 기억이 정말 좋았다고 편지를 보냈습니다. 이렇게 아이들의 새로운 일상을 알고, 그 귀여운 모습을 상상하니 웃음이 절로 나옵니다.

질풍노도의 사춘기를 지나는 천방지축(天方地軸)인 청소년 법우들도 법회에 꼭 나오겠다 다짐하며 감사하다는 답장을 주었습니다. 이 정도면 특급 반응입니다.

모두가 평소 절에 다니는 기쁨이 얼마나 좋은지, 절에 오지 못하는 지금 더욱 잘 느끼는 것 같습니다. 아이들은 학교에 가고, 친구들과 함께 노는 일상이 얼마나 귀한 것인지를 깨닫고 있었습니다.

이웃과 인사하고 산책하며, 웃음소리를 듣는 일상이 얼마나 행복한 일인지, 멈추어진 지금에야 알게 됩니다. 서로를 향한 따뜻한 마음이 우리를 더욱 건강하게 만듭니다. 이 마음들이 모여, 가장 힘든 시간 속의 '나'를 가장 아름다운 '우리'로 만들고, 스스로 봄꽃이 될 겁니다.

삶의 어려움을 기꺼이 받아들여 수행으로 향상시키고, 마침내 역경을 통하여 부처를 이루리라는 보왕삼매론(寶王三昧論)의 지혜롭고 고귀한 구절구절이 되새겨지는 시절입니다.

03

위대한 역사의 첫걸음, 하나의 인류애

세속(世俗)의 국가나 모임에서는 지도자와 정책을 선택할 때 대부분 선거와 투표를 통해 결정합니다. 후보자가 많을 때는 투표 종이를 너무 많이 받아서, 누가 누구인지 모를 때도 있었지요.

탈세속(脫世俗)을 표방하는 불교계에서도 선거가 있습니다. 총무원장, 주지 선출 등 중요 소임자를 선택할 때입니다. 그러나 전체 대중에 참여하는 선거가 아니어서 많은 이들이 불만을 갖고 있습니다. 한때는 성별, 법랍을 따지지 않고 비구, 비구니 모두 투표권을 갖는 방법이 논의되기도 했지만, 결국 실행되지는 않았습니다. 그것이 좋은 방법인지 아닌지를 논하기 전에, 권리를 가진 자와 갖지 못한 사람 사이에는 분명한 차별이 있습니다.

세상의 불평등함은 존재의 시작과 함께 해왔습니다. 모든 생명이 다르게 태어났기에, 불평등이 평등한 것일 수도 있습니다.

그러나 모든 생명의 근원인 자연은 만물에 평등합니다. 수많은 생명이 각자 근기에 맞게 가져갈 뿐입니다. 마치 태양과 비는 모든 생명에게 똑같이 베풀어지지만, 큰 나무는 큰 나무대로, 작은 풀은 작은 대로 알맞게 흡수하는 것처럼 말입니다.

그러나 사람들의 평등과 불평등의 기준은 모호합니다. 의식주를 비롯해 부(富)와 명예, 권력 등 모든 것이 각자의 욕망에 따라, 시대에 따라 '평등'과 '불평등'의 이름이 다르게 붙기 때문입니다. 그래서 평등과 불평등을 판단하는 것은 매우 복잡합니다. 그 가운데 공통된 흐름이 있습니다. 많은 이들이 하나의 열망으로 모여질 때, 새로운 역사가 시작이 됩니다.

불평등에는 기득권자(旣得權者)와 비기득권자(非旣得權者)가 있습니다. 그리고 역사적인 최초의 평등이 이루어지는 '그 순간'은 기득권자와 비기득권자가 하나가 될 때입니다. 겉보기에는 이기거나 지는 싸움인 듯하지만, 결국에는 둘이 하나가 되어야 물결의 흐름을 완전히 바꿉니다.

1963년 미국, 링컨의 노예해방선언이 그랬습니다. 노예로 핍박받던 흑인들이 열렬하게 원했지만, 링컨은 백인이자 최상의 권력자인 대통령이었습니다. 그와 그를 돕는 백인들이 없었다면 평등의 시작은 없었을 것입니다.

캐서린 존슨은 흑인이면서 NASA의 첫 여성 수학자였습니다. 그녀는 1969년 인류 최초로 달 착륙을 가능하게 했던 아폴로 11호의 궤도를 설계한 천재적인 인물입니다. 당시 백인과 흑인, 남성과 여성의 극명한 차별 속에서 위대한 역사를 만들었습니다. 그녀에게 처음으로 작은 틈을 열어준 사람은 백인이며 남자들이었습니다.

엘리자베스 캐디 스탠턴과 루시 스톤은 미국 여성선거권을 얻기 위해 노력했던 여성입니다. 1870년 수정 헌법 제15조가 통과되고, 1920년 투표권을 얻기까지 50년이 걸렸습니다. 이는 기득권자인 남성들의 법적인 승인이 필요했기 때문입니다. 세계의 모든 나라들이 이러했습니다. 오늘날 우리나라의 선거권은 18세 이상이면 누구나 갖게 되었습니다.

인류 역사에는 수많은 이들이 처음을 시도하고, 처음을 결정하고, 처음을 완성했습니다. 새로운 삶의 가치를 만들고 새로운 시대를 열어갑니다. 그것은 이득과 손해, 실패와 성공, 승패의 문제가 아니라, 모두의 마음이 하나가 될 때 가능합니다.

의식주와 부(富), 권력, 사회적 권리, 교육과 의료의 기회, 자연의 풍요로움 등 평등한 기회를 열망하는 비기득권자들에게는 그저 '열망'일 뿐입니다. 차별된 수많은 것을 나누는 실천행의 문을 여는 열쇠는 기득권자에게 있습니다.

온갖 차별의 역사 속에서, 부처님은 자그마치 2600년 전에 신분과 성별을 뛰어넘는 평등을 실천하고 펼친 최초의 인물입니다. 부처님은 인도의 절대적인 기득권자인 왕족 크샤트리아 계급이었습니다. 부처님의 결정은 불교를 시간과 공간을 뛰어넘어 현존하는 가장 위대한 종교로 만들었습니다.

비기득권자들의 열망과 기득권자 가운데 뛰어난 사람들의 용기 있는 허용이 없었다면, 인류는 새로운 가치를 만들지 못했을 것입니다. 평등과 불평등의 이름은 인간의 욕망에 의해 붙여지지만, 역사에 남는 위대한 첫걸음은 서로를 구제하고 감싸는 인류애(人類愛)에 의해 완성됩니다.

어렵고 고단한 시대의 시작인 2020년대 자비와 헌신, 인류애를 통해 새로운 가치를 성취하고 모든 생명을 행복하게 할 위대한 이름들이 나타나길 기대합니다. 또한 부처님의 가르침을 잇는 한국 불교의 역사에서도 새로운 시대를 열어갈 이름을 기다립니다.

04

오래오래 정성을 들이는 이유

발심하자마자 바로 출가한 행자는 불교 공부하는 수요일이 제일 즐겁다고 합니다. 아침부터 저녁까지 숨 돌릴 틈 없이 바쁜 일과 속에서 수요일만 기다린다고 하니, 대견하고 기특합니다. 연기법과 「모든 것이 변한다」라는 주제의 강의를 듣고, 사는 것이 참으로 허무한 것이 아닌가 하며 묻습니다.

"어제 강의 들은 신도님들은 결혼해서 아이를 낳고 사는 삶이 억울할 것 같습니다. 결혼이나 자녀, 사랑의 약속들이 모두 변하고 덧없는 것이니 허무할 것 같습니다."

저는 웃으면서 "그래서 다음 시간 강의를 꼭 들어야 합니다" 라고 답했습니다.

한 시간 동안의 강의로 모든 것을 다 이해하기는 어렵습니다. 강의뿐 아니라 글이나 책, 대화, 편지 등 우리가 접하는 것은 한 부분에 맞추어서 펼쳐지기 때문에 그 부분에 대해서만 이해할 뿐입니다. 불법에 관한 법문이나 강의는 더욱 그렇습니다. 진제(眞諦)와 속제(俗諦)의 법이 서로 대비되고, 중생들에 따라서도 각각 다르게 설해지기 때문입니다. 또한 근기에 따라 다 다르게 받아들입니다.

3년 전쯤, 트위터에 부지런히 글을 쓸 때가 있었습니다. 생활 속 생각나는 이야기들, 경전 글귀나 게송들을 몇 문장으로만 옮겨 적기도 합니다. 어느 날 "이 스님의 글은 진리에 맞지 않는다"라는 댓글을 본 후, 트위터에 글을 올리지 않았습니다.

진제의 입장에서 보면, 그럴듯해 보이는 일상의 글도 세속적일 뿐이니 이해가 됩니다. 그러나 일반 대중들은 이 댓글 하나에 '이 스님이 부처님 법에 맞지 않는 말을 하는 건가?' 하는 의심을 일으키게 됩니다. 논란이 일어나는 것은 순식간입니다.

어느 시골 할아버지가 손자의 초청으로 독립군에 관한 연극을 보러 갔습니다. 손자는 독립군으로 활동했던 증조할아버지의 이야기를 들었기에, 이 연극을 매우 뜻깊게 보시리라 생각했지요. 연극의 2막 중반에 이르자 할아버지는 흥분해서 고함을 지르기 시작했습니다.

주인공인 '독립군' 청년이 조선인 첩자에 의해 붙잡혀서 고문당하고 죽음의 문턱에까지 이르는 절정이었습니다. 조선인 첩자가 등장하자, 할아버지는 지팡이를 들고 "저, 때려죽일 놈!" 하며 무대 위로 뛰어오를 기세였지요. 손자가 말렸지만 소용없었습니다. 결국 연극이 중단되고 감독이 나와서 할아버지를 달랬습니다.

"어르신, 마지막 장인 4막이 끝날 때까지 기다려 보십시오. 끝나고 나서 저 첩자를 여기로 끌고 오겠습니다."

연극이 이어지고, 3막에서 첩자는 군중들에 의해 죽임을 당했고, 마지막 4막이 끝날 때까지 독립군 청년은 살아남아 해방의 기쁨을 만끽했습니다. 그제야 할아버지는 연극의 결말에 환호하며 눈물을 흘렸습니다.

결론을 내리기 전에 의도가 무엇인지를 충분히 알고, 확인하는 것은 기본입니다. 그러니 법문이나 강의, 책, 글의 일부분을 보고 실망하거나 포기하지 않기를 바랍니다.

사람과의 인연도, 우리들의 인생도 이 순간이 전부일 수는 없습니다. 순간으로 모든 것을 다 설명할 수도 없습니다. 또한 짧은 말이나 글이 우리 개개인의 별업(別業)에 다 통하지도 않습니다.

다음 주, 수요일 강의에는 '모든 것이 변하는 세상'에 살고 있음에도 죽는 순간까지 서로를 지키는 사랑, 흔들리지 않는 굳건한 신념을 가진 사람들에 대한 내용이 이어집니다. 다음 강의를 듣는 이들은 허무에서 벗어나, 스스로 참된 존재로 수행하려 애쓸 것입니다.

법문이든 수행이든, 또는 인생과 인연, 그 무엇이든 마지막 장의 막이 내릴 때까지 오래오래 정성을 들여 노력하며 지켜보시길 바랍니다. 그리고 그 마지막 장에 서서, 가장 고귀한 열매를 두 손에 거두시길 바랍니다.

05

죽음과 수행

불교대학에서 공부한 지 17년이 되는 자비안보살님은 이야기를 재미있게 하고, 상대 마음도 잘 헤아립니다. 항상 즐거운 분이라 주변에 사람들이 모여듭니다. 가끔 결석이라도 하면, 모두가 심심해할 정도입니다.

어느 날, 공부 후에 "불교 공부하기를 참 잘했다"라고 말합니다. 그리고 당장 내일 죽어도 미련 없다며 웃습니다. 보살님의 그 미소가 참으로 자유로워서 숙연한 마음이 들었습니다. 저는 진심으로 '정말 공부 참 잘하셨다'라며 안아주었습니다.

수행은 삼매의 마음을 유지하는 일입니다. 쉽게 말하면, 일체 번뇌를 여의고 고요하고 흔들림 없는 깨어있는 상태라고 할 수 있습니다.

번뇌는 욕망의 산물입니다. 그래서 번뇌를 제어하거나 욕망을 제어하는 것은 같은 길에 있습니다. 욕망을 제어하면 번뇌도 쉬어지고, 번뇌가 쉬어지는 것은 욕망을 여의는 것이기 때문입니다. 끊임없이 불타오르는 갖가지 욕망을 제어하는 일은 어렵지만, 무상(無常)함을 깊이 체득하면 가능합니다. 이 또한 쉽지 않습니다. 그런데 다행히도 '죽음'이 있습니다.

모든 것이 무상하여 아침 이슬과 같고 물거품과 같고 번개와 같음을 체득하는 방법 중에 가장 직접적인 것은 '죽음'을 관(觀)하는 것입니다.

스님들의 출가 발심에서 '죽음'과 연관된 이야기가 유독 많은 이유도 아마 여기에 있을 겁니다. 이렇게 세상의 무상함을 가르쳐 주는 것으로 '죽음'만 한 것이 없습니다.

그러나 하루살이 벌레, 반려동물이나 사랑하는 사람들…, 이 모든 생명이 다 겪는 흔하디흔한 죽음을 수행으로 받아들이는 사람은 보기 힘듭니다. 가장 가까운 가족의 죽음조차 수행과는 상관없이 헛되이 사라집니다.

대부분 병상에 누워, 본인의 죽음에 직면해서야 비로소 평생 키워온 욕망의 허망함을 봅니다. 그때는 이미 늦습니다. 육신은 고통에 스러지고, 정신은 온전하지 않으며, 육친(肉親)의 애정은 헛되이 멀어지고, 죽음을 맞설 수행은 방법조차 모릅니다.

기원전 336년, 알렉산더 대왕은 20세에 왕이 되었습니다. 그는 페르시아 제국, 이집트, 아프리카, 인도 서북부에 걸쳐 많은 땅을 정복해 불과 10년 만에 대제국을 건설했습니다. 그는 동서양의 영토와 문화를 통일한 위대한 왕이 되었습니다. 반면에 잔혹한 전쟁 후유증과 병사들의 반란 등 대내외적으로 극심한 스트레스에 시달렸습니다. 결국 열병에 걸려 불과 33세의 나이로 죽음을 맞았습니다.

알렉산더 대왕의 마지막 유언은 자신의 두 손을 관 밖으로 내놓도록 장례를 치르라는 것이었습니다. 그는 세상 사람들에게 천하를 한 손에 쥐었던 알렉산더도 떠날 때는 빈손으로 간다는 사실을 보여주고자 했습니다.

이러한 유언을 할 수 있었던 33세의 위대한 젊은 왕은 자신의 죽음을 통해 특별한 통찰을 얻었을 것입니다. 만약 그가 20세에 왕이 되었을 때 이 사실을 체득했다면, 세상도 달라졌을 것입니다.

우리들은 욕망으로 일구어낸 삶들이 공수래공수거(空手來 空手去)로 허망한 것임을 이미 알고 있습니다. 그것을 지금 이 순간 본인의 죽음을 마주한 것처럼, 그렇게 직관해야 합니다.

부처님께서는 12세 때, 농경제에서 벌레나 새들의 약육강식(弱肉强食) 모습과 죽음으로 깊은 삼매에 들었습니다. 어린아이가 한낱 미물들의 죽음을 자신의 죽음처럼 동일화할 수 있음은 믿을 수 없을 정도로 놀라운 일입니다. 유일무이(唯一無二)한 사건입니다. 그렇기에 우리들의 영원한 스승, 붓다가 되셨겠지요.

'죽음'이 세상에 널려있는 이유는 우리에게 죽음을 뛰어넘을 기회를 주기 위함입니다. 참된 수행자야말로 이 세계와 죽음의 세계, 신의 세계를 정복합니다. 우리는 부처님의 12세와 알렉산더 왕의 33세, 그 외 수많은 시기를 이미 놓쳤지만, 지금이야말로 바로, 정진할 때입니다.

06

사랑과 행복이 가득한 세상

코로나19 바이러스로 인해, 또다시 산문을 닫았습니다. 이번에는 어린이, 청소년 템플스테이와 명상 템플스테이 등, 큰 행사들을 하루 앞두고 취소하게 되면서 우리 절 살림으로서는 심각한 타격을 입었습니다.

참가자들에게 비상 연락을 하고, 법당 가득가득한 행사 물품과 음식 등을 정리하느라 혼이 빠질 지경이었지요. 마침내 백중기도까지 혼자 올리게 되었습니다. 허탈한 마음, 분노가 일어나는 것과 동시에 잊고 있었던 한 이야기가 생각났습니다.

로프라라는 티베트 스님은 중국 경찰에 체포되어 18년 동안 감옥에 갇혀 있으면서 심한 고초를 겪었습니다. 후에 석방되어 달라이 라마 존자를 만났습니다.

달라이 라마 존자가 고생이 많았다며 위로하자, 스님은 떨리는 목소리로 "그들을 미워하고, 자비심을 잃게 될까 봐, 너무도 두려웠습니다"라고 답했습니다.

감옥에서의 육체적 · 정신적 폭행과 고문, 학대가 무서웠던 것이 아니라, 중국인들을 향해 증오가 생길까 봐 두려웠다는 이야기는 마음을 어떻게 다스려야 할지 알려주는 장군죽비였습니다.

이 장군죽비가 요즘, 갖가지 마음을 일으키는 저를 사정없이 내리칩니다.

아버지와 어린 아들이 걸어가고 있었습니다. 뒤따라오는 꼬마를 돌아보며 아버지는 “아빠가 너무 빨리 걷니?”라고 물었습니다. 그러자 꼬마는 짧은 다리를 열심히 움직이면서 “빨리 걷고 있는 건 전데요, 아빠!”라고 퉁명스럽게 답했습니다. 아버지의 안타까운 마음이 아들에게는 전달되지 못한 것이지요. 같은 마음인데도, 서로 입장이 다릅니다.

어느 여자아이는 엄마를 매우 무서워했습니다. 이유를 물으니, 엄마가 자기에게 너무 화를 잘 낸다고 합니다. 상담자가 아이에게 말했습니다.

“엄마가 옆집 아이에게는 화를 안 내지?”

“네.”

“그것 보렴. 엄마가 화내는 건, 너를 너무 사랑해서 그러는 거야.”

아이는 이제야 알았다는 듯이 소리쳤습니다.

“아! 사랑하면 짜증과 화가 나고, 사랑하지 않아야 조용해지고 행복해지는 거로군요!”

어머니의 사랑이 정반대의 결과를 가져옵니다.

서로를 사랑하는 마음은 같은데 왜 이렇게 정반대의 결론에 도달할까요?

어쩌면, 다르다고 생각했던 모든 것들이 사실은 같은 것이 아니었을까요? 사랑과 행복을 만들어가는 방법이 잘못된 것은 아니었을까요?

우리는 항상 서로를 마주 보고, 그의 이야기를 들으려 하고, 서로를 이해하려고 노력합니다. 왜냐하면 그와 나는 같고, 같은 것을 원하고 있음을 이미 알고 있기 때문입니다. 모든 생명이 똑같이 원하는 것은 바로 사랑과 행복입니다.

다 함께 행복해지려면 나의 이익이나 조건, 견해를 내려놓아야 합니다. 그 후 서로 마주하면 쉽게 풀어집니다. 그렇지 않으면 대화해도 싸움이 될 뿐입니다.

마음이 넓으면 온 우주를 담아도 남고, 마음이 좁으면 바늘 하나 꽂을 데도 없다고 했습니다. 예전의 사랑했던 보통의 삶으로 돌아가게 하는 것은 바이러스가 없어지는 것이 아니라, 우주를 품을 수 있는 여유로운 마음이면 됩니다. 아버지는 아들의 걸음을 맞추고, 어머니는 딸의 행복을 맞출 수 있습니다.

싸우는 것보다 사랑하는 것이 서로를 더 행복하게 하는 것은 분명합니다. 나보다 이웃을 배려하고, 원수를 사랑하는 것, 청정하게 베풀고 모든 생명을 부처님으로 만나는 마음이 첫 번째입니다. 그러면 이 다툼과 혼란을 이겨내고, 더 멋진 시절을 만날 수 있을 것입니다.

18년간 감옥에 있으면서도 자비심을 잃지 않았던 티베트의 스님처럼, 오늘날의 모든 장애가 보리도(菩提道)를 성취하는 수행의 길로 이어지길 발원합니다.

07
지금 내 앞의 사랑스러운 복덩이

인도 순례를 갔을 때, 곤혹스러운 일 가운데 하나가 우리를 쫓아다니던 거지들이었습니다. 어른이나 아이나 모두 손을 내밀면서 바짝 붙어 다녔습니다. 때로는 가방 안까지 들여다보며 돈을 요구하기도 합니다.

옆에서 가이드들이 쫓아내지만, 그들로부터 자유로워질 수는 없습니다. 현지 가이드들은 거지 숫자만 계속 늘어난다며 베푸는 것을 중단하라고 요구하기도 했습니다. 더더구나 그들은 감사한 마음도 갖지 않는다고 했습니다. 왜냐하면 '나에게 베풀어서 복을 짓게 해주었으니, 당신은 나에게 감사해야 한다'라고 생각하기 때문이랍니다.

우리나라에서는 구걸하는 것을 부끄러워하며, 상대에게 고맙다고 말하지만, 그들은 당당하게 손을 내밀며 "내게 고마워해라"라고 말한다니 놀라운 사고방식입니다. 우리는 참으로 그럴듯하다며 웃었습니다.

우리에게 복(福)이란 무척 중요합니다. 재물이나 명예, 수명 등의 큰 복에서부터 인연이나 재능도 복입니다. 치아가 튼튼한 것도 복이라고 말할 정도이니, 큰 것에서 작은 것까지 삶에 필요한 모든 것이 다 복으로 통합니다. 일이 원만하게 잘 성취하는 사람에게 "자네, 참 복이 많다"라고 칭찬하는 것도 복의 중요성을 말하는 것이지요.

현재와 다음 생을 좀 더 행복하고 풍요롭게 하기 위해 우리는 복, 즉 공덕(功德)을 지어야 합니다. 복주머니를 채울 수 있게 선업(善業)을 지을 기회를 찾고, 실천하려고 애를 씁니다. 그리고 생명을 구하거나, 큰 재물을 보시하거나, 불사를 짓는 데 동참하려 하고, 큰돈을 벌면 큰 보시를 하리라 마음먹습니다. 그러면서 작고 작은 공덕이 모여 큰 복을 이룬다는 것을 잊어버립니다.

여름날, 시내에 볼일을 보러 지하철을 몇 번 타고 왔다 갔다 했더니 땀에 흠뻑 젖었습니다. 땀을 닦는데, 보살님 한 분이 제 손에 만 원을 주었습니다.

"스님, 냉면 한 그릇 사드세요."

답을 하기도 전에 후다닥 멀어지니, 뒷모습만 기억납니다. 오후 식사 때를 지나, 겨우 작은 식당에서 국수 한 그릇을 시켰습니다. 손님은 저와 라면을 시킨 할아버지 둘뿐입니다. 그래서 그 만 원으로 국수와 할아버지의 라면 값까지 계산했습니다.

보살님의 보시로 두 사람이 행복하게 점심 공양을 했습니다. 만 원을 베풀어준 보살님은 이미 잊어버렸을 것이고, 그것이 복이 되리라는 생각도 없었을 것입니다. 하지만 소소한 베품이 두 몫의 복이 되었습니다. 눈앞의 작은 베풂이 어떻게, 얼마나 우리의 삶을 풍요롭게 만들지 상상하지 못할 것입니다. 그렇게 많은 복이 우리 앞에 물 흐르듯 지나갑니다.

수행하다 육신의 눈을 잃고 천안(天眼)을 얻은 아나율 존자는 남의 도움 없이는 일상생활이 불가능했습니다. 어느 날, 보이지 않는 눈으로 낡아 헤어진 가사를 꿰매기 위해 실과 바늘을 들고 당황하고 있을 때 부처님께서 말씀하셨습니다.

"그 실과 바늘을 나에게 다오. 그래서 내게 공덕을 짓게 해 다오. 세상에 나보다 공덕 짓는 것을 즐거워하는 이는 없을 것이다."

깨달음을 성취하고 완전한 자비와 지혜를 갖추신 부처님께서 공덕 짓는 것을 즐겨하는 모습에 모두 머리를 숙였습니다. 베풂의 공덕은 이야기를 듣고 같이 찬탄하는 것만으로도 또 공덕이 됩니다. 청정한 베풂은 세상에서 가장 아름답고 고귀한 행위입니다.

멀리 생각하지 말고, 내 앞에 있는 '그'를 보세요. 그가 내게 복 밭입니다. 꽃 한 송이든, 책상이든, 사람이든 지금 내 앞에 있는 그가 나의 복덩이입니다. 꽃에게 물을 주는 것도, 책상을 아껴 쓰는 것도, 내 앞의 사람이 즐겁고 행복하도록 베푸는 것도 모두 공덕을 짓는 일입니다.

우리 시선 닿는 곳마다, 발 딛는 곳마다 모두 복 밭입니다. 이삭을 줍듯, 차곡차곡 복을 주워 담으시길 바랍니다.

08
보살의 선택

인생에서 선택의 순간은 매번 다가오지만, 민주주의 사회에서 선거와 투표권은 더욱 특별합니다. 개인의 선택으로 평화롭게 지도자를 바꿀 수 있고, 나라 전체의 운명을 변화시킬 수 있기 때문입니다. 그렇기에 민주주의의 꽃이라 불리는 것이겠지요.

미국 대통령 선거를 우리나라 대선만큼 열심히 보기는 이번이 처음입니다. 한 나라의 지도자에 따라 세계가 흔들리는 것은 일반 대중에게는 매우 혹독한 일입니다.

임금이 폭정을 하면 시체가 만리(萬里)를 이루고, 임금이 선정을 베풀면 웃음이 만리를 이룹니다. 통치자들의 선업과 악업의 결과는 개인과 완전히 다릅니다. 전쟁과 폭력, 살상, 분열 등 지도자들의 선택에 따라 아군이든 적군이든 수많은 사람이 목숨을 잃습니다. 가족과 백성들 역시 오랜 시간 고통 속에서 살아야 합니다.

천민으로 왕이 되었던 혁명가이자 영웅인 홍무제(洪武帝) 주원장(朱元璋)은 출신과 성장 과정, 외모에 대한 트라우마, 성격

장애를 갖고 있었다고 합니다. 그는 전쟁을 통해 명나라를 세우고 뛰어난 왕이 되었지만, 단 두 번의 모반사건을 통해 자신을 도왔던 공신과 대신들 5만여 명을 숙청했습니다. 또한 사지를 절단하고 피부를 벗기는 등의 잔인한 형벌을 통해 나라를 공포로 몰아넣었습니다. 신하들은 입궐하기 전에 가족들과 죽음의 이별을 나누고, 퇴궐하면 살아 돌아온 것을 기뻐할 정도였지요.

그 외 많은 통치자가 전쟁이나 잔인한 권력으로 영웅 또는 폭군이 되었습니다. 평화적인 정권 교체가 가능한 민주 사회가 발전한 지금도 지도자의 영향력은 절대적입니다.

변호사이자 정치평론가인 밴 존스는 사업가이자 국가주의를 표방하는 트럼프 대통령의 4년 임기 동안, 흑인으로서 일상생활이 얼마나 고통스러웠는지를 말하며 눈물을 흘렸습니다. 그리고 대통령이 바뀌는 지금 가족들이 외출할 때마다 길거리에서 폭언이나 폭행당할까 봐 걱정하지 않아도 된다는 것이 무척 행복하다고 했습니다. 아이들에게 진실을 말하는 것, 좋은 사람이 되는 것, 책임을 갖는 것이 중요한 것임을 다시 가르칠 수 있어서 기쁘다고 말했습니다.

4년 동안 종교나 인종에 따라, 또는 이민자들이나 유학생들, 많은 이들이 추방당하거나 차별당할까 봐 걱정하며 고통스럽게 지냈을 것입니다.

평화는 멀어지고, 돈과 이익에 따라 분열되고, 지구의 자연과 생명을 위한 세계의 연대는 사라졌습니다. 한 나라의 리더가 어떤 생각을 지녔는가에 따라 전체가 차별과 혼란, 고통 속에 빠집니다.

통치자들 뿐 아니라, 단체장, 종교인, 한 가정의 부모인 우리 모두가 리더입니다. 따뜻하고 평등하며 사랑과 배려, 진실, 존귀함을 갖고 있는 리더는 구성원 모두를 그렇게 성장하도록 합니다. 반대로 살인이나 테러, 성폭행, 방화 등의 폭력 행위조차 정당하게 여기는 반인륜적인 단체로 변하기도 합니다.

부처님의 가르침을 실천하는 불자들의 행동강령은 사성제(四聖諦), 팔정도(八正道), 육바라밀(六波羅蜜), 사무량심(四無量心)등의 보살행입니다.

이 가르침은 우리들이 일상생활을 어떻게 해야 하는지 분명하게 알려줍니다. 차별 없는 대자비심으로 중생을 사랑하며, 모든 것을 베풀고, 모두를 행복하게 하는 삶입니다. 이것이야말로 보살뿐 아니라 사람이라면 누구나 지녀야 할 기본적인 삶이어야 합니다.

우리들은 옳고 그름, 사상과 이념, 이익과 손해를 떠나, 평등한 자비심으로 세계와 우리나라, 불교 전체의 행복을 위한 선택할 수 있을까요?

물론, 우리들의 선택은 당연히 그래야 합니다. 모든 생명이 행복한 세상, 그것이 보살인 우리들의 유일한 선택임을 기억해야 합니다.

부처님께서 왕좌 대신 출가를 선택하고, 성도 후 열반에 드는 대신 중생을 구제하기 위해 맨발로 이 땅을 걸으셨듯이.

09
끝과 시작을 위해 더없이 좋은 참회기도

매주 토요일마다 자비도량참법 기도를 하고 있습니다. 100회를 목표로 삼아, 지금 21회를 입재했습니다. 10권으로 이루어진 이 기도에 걸리는 시간을 계산해 보니, 회향까지 자그마치 20년이 걸립니다.

동참하는 신도님들 중, 연세 드신 분들은 다음 생에 회향해야 할지도 모르겠다며 웃으십니다. 농담 같은 그 말 속에, 기어코 끝을 보리라는 견고한 신심이 보여 뜨거운 감동도 함께 느낍니다. 이는 참회 기도의 가피와 기쁨이 생을 통틀어 가장 희유한 것임을 체험했기 때문이기도 합니다.

참회는 잘못을 알아 깊이 뉘우치는 것을 말합니다. 불교에서는 참회의 중요성을 이참(理懺:잘못을 깨달아 마음으로 간절히 참회함)과 사참(事懺:잘못을 드러내어 행위로 참회하는 것)을 통해 더욱 강조합니다. 머리로 아는 것에 머무르지 않고 말과 행동으로 드러내 보여야 진정한 참회라 일컫는 것이지요.

우리는 본능적으로 자신의 잘못을 숨기려 합니다. 남에게 잘못을 빌고 용서를 구하는 것을 굴욕적이라 생각하기도 합니다. 이익을 위해 잘못을 남에게 뒤집어씌우기도 합니다. 일본이나 중국처럼 역사를 왜곡하고도 당당하고, 권력을 가진 사람일수록 자신의 악행을 온갖 방법으로 정당화 시킵니다. 가족들끼리도 용서를 비느니, 차라리 인연을 끊는 쪽을 택하기도 합니다.

원망과 증오의 인연을 맺으면, 세세생생 서로 복수하며 원결을 이어갑니다. 후생에는 전생의 기억이 없기에 원결의 원인조차도 모릅니다. 서로를 할퀴는 증오만이 증폭되며 끊임없이 반복합니다. 원인을 모르는 현생의 삶은 더욱 고통스럽습니다. 걸음걸음마다 떨어지는 갖가지 원결의 열매만 수없이 받아 들며 몸부림칩니다.

이 순환 고리를 끊는 첫걸음이 참회입니다. 삼세의 원결을 풀어내는 간절한 참회의 씨앗은 대상과 자신을 용서하고, 증오 대신 자비심을 증장케 합니다. 불교의 참회 의식은 굴욕이 아니라 가장 숭고하고 용기 있는 것이며, 삼세를 꿰뚫는 힘을 발휘하여 가피를 성취케 합니다.

조선시대 재상으로 알려진 이민서(李民敍)가 어느 날 갑자기 괴질에 걸렸습니다. 의원들이 발 빠르게 드나들었으나, 낫지 않고 고통이 심했습니다.

그는 병석에 누워 "호조판서로 있을 때, 문서를 위조하여 베 600필을 빼돌린 혐의로 함(咸) 모라는 자를 하옥시킨 일이 있었네. 그가 억울함을 크게 호소했는데도 나는 들어주질 않았지. 그 판결이 정말 잘못된 것 같네"라고 하며 슬퍼했습니다.

괴질에 걸린 것과 죄인을 잘못 판결한 것이 무슨 관계가 있을까요?

우리는 몸이 아프면, 병을 낫게 하려고 온갖 치료를 다 하지만, 그 병의 원인이 악행에 의한 원결에 있다고 생각하지 않습니다.

『자비도량참법』에는 이런 엇갈린 듯한 인과에 관한 이야기가 수없이 나옵니다. 축생을 죽이고 떡을 훔쳐 먹었거나, 거짓말을 하거나 태아를 살해하거나, 착한 이를 비방하고 스승을 경멸하는 등의 크고 작은 여러 악업이 육체를 병들게 하고 삶을 장애하는 과보의 원인으로 설명합니다. 암이나 육근(六根)의 장애, 코로나 같은 전염병 등 수많은 병마와 장애를 두려워할 줄 안다면, 모든 생명의 살생과 해침, 악행이 원인인 줄 알아 이를 더욱 경계하고 멀리해야 함을 알려줍니다.

그렇기에 평생 착하게 살았다는 사람도, 참회 기도를 통해 비로소 악업의 실체를 만나게 되고 눈물을 흘릴 수밖에 없습니다. 그 속에 이루어지는 이참과 사참은 원결을 풀어내고 사랑의 씨앗을 심고 꽃을 피웁니다.

코로나로 인해, 한 해의 마지막을 홀로 보내야 하는 이 시간, 진정한 참회 기도로 사랑의 씨앗을 심어 보시길 바랍니다. 불안과 원망으로 누군가를 비난하는 대신 지구의 모든 생명에게 감사하고, 놀고 먹고 자는 생활의 방식을 모두 선업으로 바꾸어 복된 새해를 시작합시다.

그리하면 이 생을 마치고 다음 생까지, 눈물로써 자비도량참법 기도를 회향하게 된다고 할지라도, 모든 생명에게 무릎 꿇는 오늘의 참회 시간이 고귀하고 즐거울 것입니다.

〔Chapter 5〕

땅에서 넘어진 자,
땅을 짚고 일어나라

01

부처님의 지혜를 선택하는 사람들의 신념, 개종(改宗)

요즘도 동안거 기도를 유튜브 실시간 방송으로 매일 하고 있습니다. 신도님들도 방송으로 기도하는 것에 익숙해진 듯합니다. 방송으로 하는 간접 기도라, 현장의 긴장감이나 기도 열기를 느끼기 힘들 것 같아 걱정되었습니다. 그래서 신심을 조금이라도 증장시킬 수 있길 바라는 마음으로, 기도 전후에 잠깐씩 법문이나 찬불가를 곁들이기도 합니다.

방송이라 상대가 누구인지 알지 못하니, 모든 것을 초심자의 눈높이에 맞추게 됩니다. 법문 주제도 따로 정하지 않고, 그날의 상황에 따라 기도하는 법, 수행, 사찰 예절, 가피 이야기, 부처님 일생에 대한 것으로 다양합니다. 기도가 매일매일 새롭기를 바라는 마음으로, 여러 방편을 생각합니다. 채팅창에도 신도님들 간에 인사말이 오가며, 서로 안부를 챙기니 나름 좋은 점이 있습니다.

그중에 김연희라는 분이 있는데, 60대의 타 종교인입니다. 한 달 전부터 인사 글이 채팅창에 매일매일 올라왔습니다. 글이 점점 길어지더니, 기도에 대한 가피와 감사 인사까지 나눕니다. 적극적인 모습이 놀랍고 신기했습니다.

지난주에는 처음으로 통화를 했습니다. 전날 108배를 했답니다. 저는 108배를 무조건 3일 동안 하라고 했습니다. 다행히도 나의 말을 따랐습니다. 오히려 108배를 7일을 했습니다. 그동안 그녀는 스스로 큰 가피를 체험했습니다.

가족들과 다툼이 잦고 삶이 힘들었는데, 기도하면서 세상이 달라졌다고 합니다. 고통, 삶의 고민, 원망 등등 무수한 것이 자신에게서 시작된 것을 느꼈고, 평생 얽매였던 모든 것이 사라진 것 같다며 감동했습니다. "불교라는 것이 이런 건가 봅니다" 하며 기뻐했습니다.

직접 만나기로 한 날, 그녀는 기도하는 동안 쓴 노트를 가져왔습니다. 제가 한 짧은 법문의 내용들과 질문들이 적혀 있었습니다. 이야기하는 중에도 나의 말을 노트에 옮겨 적었습니다. 오랜 대화 끝에, 종교를 바꾸겠다는 말을 하는 그녀의 목소리는 떨렸고, 얼굴은 눈물로 붉었습니다. 아마도 그녀를 바라보는 나의 얼굴도 무척 붉었을 것입니다.

타 종교 단체에서 개종한다는 말은 지옥불을 품겠다는 것과 같습니다. 극한의 저주에 대한 두려움도 이겨내기 힘듭니다. 그렇기에 불교의 가르침을 받아들이고, 개종하는 과정을 직접 보는 것은 깊은 감동을 주었습니다.

불교 역사 가운데 매우 중요한 사건 중의 하나가 사리불과 목련 존자의 개종일 것입니다.

사리불 존자는 초전법륜의 다섯 비구 중 한 사람이었던 앗사지와의 만남으로, 자신이 몸담았던 회의론자 산자야의 문하를 떠나 부처님께 귀의했습니다. 앗사지가 들려준 연기법에 대한 게송을 듣고, 그 자리에서 주저 없이 결정한 것입니다.

벗이었던 목련 존자와 그들을 따르던 200여 명의 제자 역시 불교에 귀의했습니다.

출발점에 있던 불교 교단은 1,250인의 비구 대중을 형성하는 힘을 얻었고, 교단을 이끌어 갈 가장 위대한 두 명의 제자를 맞게 되었습니다.

개종함으로써 받을 온갖 비난과 협박, 저주를 두려워하지 않고, 붓다의 가르침을 받아들여 수행자의 길을 선택한 이 이야기는 기적입니다. 이는 현재도 마찬가지입니다. 불교는 수행을 통한 순수한 감동으로 사람들의 마음을 매료시킵니다. 어둠 속에 있다 순식간에 밝아지는 지혜의 명쾌함을 만나면, 저절로 붓다의 길에 들어설 수밖에 없습니다.

사리불과 목련 존자처럼, 한 구절의 가르침으로 일생의 모든 것을 던져버리는 이들의 뜨거운 용기는 오래 묵어 습관화된 우리에게 수행의 중요성과 초심의 열정을 일깨워줍니다. 우리 모두에게 있었던, 붓다의 길에 들어가는 뜨거웠던 첫걸음의 그날을!

02

함께하는 정성, 마을을 움직이다

어린이, 청소년 법회를 1년 가까이 줌 영상 법회로 진행할 때 였습니다. 한창 신심이 쌓아갈 시기에, 만나지 못하니 점점 연락이 끊어집니다. 20년간 쌓아온 공든 탑이 무너질까 걱정도 많이 됩니다.

지난 1월, 파라미타청소년연합회에서 청소년을 위한 사경쓰기 수행 책자를 20여 권 보내왔습니다. 아이들의 법회를 위해 특별히 제작한 것입니다. 지금 같은 시절에, 법회를 대신할 수 있는 자료를 마련해준 것만으로도 무척 감사한 일입니다.

경전을 베껴 쓰는 사경은 기도이자 수행입니다. 또한 무량한 공덕을 갖춘 선업(善業)이기도 합니다. 경전을 읽고 쓰는 동안 마음이 맑아지고, 집중력이 높아지며 잡다한 생각이 사라집니다.

사춘기 시절의 반항적인 생각들도 긍정적으로 바뀌고, 스트레스까지 줄여주는 힐링의 시간이 될 것입니다. 특히 외부 활동이 제한된 시기에 사경수행을 한다면, 아이들에게 이보다 더 좋은 공부는 없을 것입니다.

하지만 매일 학원 다니며 바쁜데다, 재미있는 일이 아니면

죽어도 하지 않을 청소년 법우들을 어떻게 사경하도록 권할지가 고민이었습니다. 이왕이면 자발적으로 재미있게, 끝까지 책 한 권을 완성할 수 있기를 바랐습니다. 선생님들과 고민한 끝에 100일 동안, 하루 한 페이지씩 사경하기로 결정했습니다. 그리고 입재일을 정했습니다.

이후, 선생님들은 아이들과 개별 통화하며 기도를 설명하고, 사경 책과 사경용 금색, 은색 펜까지 곁들여 예쁜 선물 세트를 만들어서 각 가정으로 배달했습니다.

그리고 저는 우리 절 보살님들에게 "청소년 법우들이 매일매일 잊어버리지 않고 사경할 수 있도록, 같이 사경기도해 달라"고 부탁했습니다. 보살님들은 흔쾌히 수락했습니다.

청소년 법우들 10명에, 선생님들과 보살님들 20명이 함께 입재를 했습니다. 아이들 10명을 이끌어가기 위해 어른들이 두 배나 더 참가한 것입니다. 아이들의 기도를 위해 우리 절 전체가 움직이는 새로운 시도입니다.

드디어 입재 하는 날, 유튜브 실시간 영상으로 만났습니다.

청소년 법우들에게 사경의 의미와 방법, 공덕에 관해 설명했습니다. 그리고 20분간 직접 사경을 해보면서, 채팅창을 통해 의견을 나누었습니다. 그날 바로 〈사경 백일기도〉 단톡방을 만들어서 매일매일 한 페이지씩 사경한 것을 사진으로 찍어 올리도록 했습니다. 아침 5시부터 사경한 사진이 올라오면, 종일 30명 대중들의 사경기도 사진을 서로 볼 수 있습니다.

저는 대중들의 사경기도 사진을 보며 하루를 시작합니다. 아이들을 매일 만나는 것 같습니다. 글씨가 꼼꼼해 하나도 어긋남 없이 쓰는 아이가 있는가 하면, 자유분방하게 날아가도록 쓰는 법우들도 있습니다. 페이지마다 예쁜 그림으로 장식해서 멋진 경화집을 만들어내는 이도 있습니다. 놀랍게도 그 글씨 속에서, 오늘 그의 마음이 어떤지까지 볼 수 있습니다. 어느 날은 대학 합격 소식까지 들려주니 더욱 힘이 납니다. 어떤 모습이든, 어떤 형태든 매일매일 사경하는 아이들이 대견할 뿐입니다.

보살님들은 만날 때마다 아이들 이야기로 꽃을 피웁니다. 40년 나이 차이가 나는 아기 도반이 생겼다며 기뻐합니다. 100일 기도 회향 때는 아이들에게 무슨 선물을 할까 미리 고민하기도 합니다.

지난 1일, 사경기도 한 지 30일이 되었습니다. 아이들에게 축하를 전하며, 앞으로 백일을 잘 성취하자며 격려했습니다. "열심히 하고 있으니 걱정 마시라"며 오히려 저를 다독여줍니다. 아직도 어린아이들 같아 걱정했더니, 어느덧 이렇게 쑥 성장해 있습니다.

아이들 덕분에 우리 절 모두 사경기도 열정으로 가득합니다. 봄 새싹이 자라는 소식만큼, 서로를 성장케 하는 어여쁜 기도 시간입니다.

종단에서 큰마음으로 사경 책을 보시하고, 그 책이 작은 우리 절까지 이르러, 한 마을 전체가 움직이니 그제야 아이들이 꽃을 피웁니다. 이 정성이 세상을 움직입니다. 모두가 하나입니다.

03
도전, 칭찬과 비난 사이

어떤 일이든 크고 작은 용기가 필요합니다. 더구나 새로운 일을 시작하거나, 현재의 자신을 뛰어넘는 도전을 해야 할 때는 더욱 큰 힘이 있어야 합니다.

이번 주부터, 처음으로 영상 강의를 시작했습니다. 강의를 들은 분들은 감사하다고 거듭 말합니다. 그동안 코로나로 쉬었던 공부를 다시 시작할 수 있어서 즐겁고 행복하다며 잘했다고 칭찬해 주니 오히려 제가 감사합니다. 영상으로 진행할 뿐, 강의는 평소 하던 대로 하는 것이니 힘들 것이 없는데도, 시작 전까지 무척 많은 고민을 했습니다.

가장 큰 고민은 강의를 공개하면 받게 될 비난을 감당할 수 있을지에 대한 것이었습니다. 불교 공부는 수행과 실천이 하나 되는 것이니, 말에 대한 책임이 부담되었습니다. 부족함은 당연하지만, 다양한 이들의 다양한 부분에 대한 비난이나 비판을 아픔 없이 받아들일 만한 용기가 있는가가 가장 큰 고민이었지요.

30년도 넘은 오래전의 이야기입니다. 제가 공부했던 사찰의 큰스님은 큰 원력을 갖고 포교 활동에 전념하신 분입니다. 어느 날, 사찰 안이 떠들썩했습니다. 왜 그런가 했더니, 이웃 종교의 신도가 찾아와서 기도 들어가시는 스님을 쫓아가 뺨을 때렸다는 것입니다.

저는 그때 너무도 화가 나서 "그 사람을 그냥 두었냐"며 소리를 질렀습니다. 큰스님은 말없이 법당에 들어가셔서 이미 기도를 시작하셨습니다. 그 후에도 차마 큰스님께 사건의 전말을 여쭤보지 못했습니다.

평온했던 큰스님과 달리, 오랜 시간 동안 그 사건은 제 마음에 충격이자 상처로 남았습니다. 그리고 세상에 나 자신을 드러낼 때마다 느끼는 두려움은 그때의 트라우마와 같습니다.

부처님 당시, 자부심 강한 어느 바라문은 자신의 형이 부처님께 귀의하여 출가 수행자가 되었다는 소식을 들었습니다. 그는 크게 분노하며 사원으로 찾아갔습니다. 부처님을 만나자마자 온갖 욕을 퍼부었습니다. 옆에 있던 아난존자와 제자들이 그를 말리려 하였으나, 소용이 없었습니다.

그 상황에서 정작 부처님은 평온한 얼굴 그대로 아무 말씀도 하지 않고 계셨습니다. 마침내, 그가 돌아가려고 하자 부처님께서 말씀하셨습니다.

"집 안에 손님을 초청해 음식을 차려서 내놓았는데, 그가 먹지 않았다면 누가 먹습니까?"

바라문은 "우리 가족이 먹겠지요" 하고 답했습니다.

"지금 당신의 욕도 마찬가지입니다. 그대가 내게 욕이라는 선물을 주었으나, 내가 받지 않았으니 그 선물은 당신의 것입니다."

바라문은 화가 나서 소리를 질렀습니다.

"말은 귀에 들리는 것인데, 어떻게 받지 않았다는 것이오!"

"다른 이들은 욕설을 듣고 달려들어 화내고 언쟁하며 서로 싸우지만, 나는 그대와 욕설을 주고받지 않았으며, 화가 나지도 않소. 그대가 한 욕설은 나에게 이르지도 않았소."

선정에서 조금도 흔들림 없었던 부처님을 보고 그제야 바라문은 큰 깨달음을 얻었습니다. 그는 형과 마찬가지로, 곧 부처님께 귀의하였습니다.

부처님께서는 이 사건 외에도 외도들에게 많은 비난과 모함을 받아야 했습니다. 불교의 영향이 커질수록, 더 많은 일을 겪어야 했지요.

무엇인가를 할 때, 항상 칭찬과 비난이 함께 있습니다. 각자 업에서 나오는 타인의 칭찬과 비난은, 사실 같은 것입니다. 다만 우리들의 마음이 흔들릴 뿐입니다. 정작 고민해야 할 것은 '부처님 가르침을 온전히 잘 따르고 있는가?' 하는 부분입니다. 그리고 그것만이 우리를 지켜줄 것입니다.

이렇게, 첫 영상 강의를 시작하며 오랜 옛 트라우마를 마주합니다. 부처님과 큰스님들도 비난받았는데, 어떻게 모든 사람에게 칭찬만 받겠습니까! 이 위로로 새로운 일을 시작할 용기를 냅니다. 그리고 평화로운 마음을 유지할 수 있는 선정의 힘, 수행의 힘을 갖추고자 노력할 뿐입니다. 지금, 두려움을 이기고 새로운 도전을 하는 모든 분께 찬사를 보냅니다.

04

배움의 시작,
모르는 것을 모른다고 하는 것

21년 올해, 75세의 배우 윤여정 씨가 영화 〈미나리〉로 아카데미 여우조연상을 수상했습니다. 작년에 영화〈기생충〉과 가수 방탄소년단의 활약을 이어서 빛나는 소식입니다.

예전에는 스포츠 중심이었다면, 현재는 문화와 사회적인 다양한 면에서 세계적인 스포트라이트를 받는 것이 놀랍습니다. 세계의 시선을 통해 우리 자신의 모습을 새롭게 보기도 합니다.

특히 윤여정 씨의 인터뷰를 보면 스스로 "영어를 잘 못 한다"라며 실수를 걱정하면서도, 두려워하지 않고 영어를 사용합니다. 또 모르는 것을 모른다고 당당하게 답합니다. 개인의 견해를 솔직하게 말하는데, 비난이 아니라 호응을 이끌어 내는 것도 놀랍습니다.

나이 듦을 자랑하지도 않지만 부끄러워하지도 않으며, 부족한 점을 있는 그대로 인정하는 겸손함도 갖추고 있지요. 그의 말 속에는 모두를 하나로 보는 우리나라 특유의 정, 상대를 품어주는 따뜻한 배려가 경계심과 배타심을 무너뜨립니다.

『법구경(法句經)』 도장품(刀杖品)에 "사람을 해치거나, 애써 이

기려고 하지 않으며, 천하의 모든 것을 자애롭게 대하면, 가는 곳마다 원망하는 사람이 없다"라고 했으니 참으로 맞는 말입니다.

우리는 새로운 인연을 통해 배워나갑니다. 그것이 학업에서나 일, 사회적 관계, 나아가 삶의 지혜에 이르기까지, 모든 인연이 나를 성장시킵니다.

남을 가르친다는 스승의 자리에 있을 때조차도 오히려 자신이 배우는 것이 훨씬 더 많습니다. 이렇게 배움은 평생 우리를 성장시킬 겁니다. 배움은 자신의 모자람을 인정할 때 가능합니다.

공자(公子)의 제자 자로(子路)는 무장의 기질이 있어 성격이 거칠고 힘쓰는 걸 좋아했다고 합니다. 잘난 체하며 거만했고 고집도 셌지요. 공자를 만나기 전에는 수탉 깃털로 된 모자를 쓰고 수퇘지 가죽으로 된 허리띠를 차고 다니며 큰소리를 치고 다녔다고 할 정도였습니다.

자로는 공자가 그저 공부만 하는 샌님인 줄 알고 쳐들어갔다가, 도리어 그의 제자가 되었습니다. 이후 자로는 스승인 공자를 절대적인 믿음과 공경으로 따랐습니다. 마침내 공자의 제자 십철(十哲) 가운데 한 사람으로 남았습니다. 공자의 입장에서는 언제 어떻게 사고 칠지 모르는 불같은 제자인 동시에 매우 아끼는 존재였습니다.

어느 날 공자는 자로를 불렀습니다. 그리고 "아는 것을 안다고 하고, 모르는 것을 모른다고 하는 것이 참으로 아는 것이다(知之爲知之不知爲不知是知也)"라며 그의 삶을 바꿀 큰 가르침을 줍니다. 자신이 모른다는 것을 인정해야만 상대에게 배울 기회가 생깁니다. 자만심과 자기가 옳다는 아집을 가진 이에게 성장할 기회는 오지 않습니다.

공부나 법문 들을 때 두 가지 금기 사항이 있습니다. 현애상(懸崖想)과 관문상(慣聞想)을 내지 말라는 것입니다. 현애상은 너무 어렵다고 여겨 공부를 포기하는 마음이고, 관문상은 아는 것이라고 소홀히 여겨 배우지 않는 마음을 말합니다.

어느 거사님에게 불교대학의 강의 듣기를 권했더니, 기초교리는 예전에 배운 것이라고 답했습니다. 그래서 경전반 강의를 권하니, 너무 어려워서 이해가 잘 안되고, 들어도 잊어버리기 때문에 공부하지 않겠다고 말합니다.

대개 정확히 모르기 때문에 다시 배우는 것이고, 어렵고 이해가 안 되니까 누군가로부터 배웁니다. 그런데 그래서 오히려 공부하지 않겠다는 이 모순을 본인 스스로도 모르니, 그에게 배움의 기회는 없는 것이나 마찬가지입니다.

자신을 명확히 알고, 배움을 통해 더 나은 나로 성장하는 것은 75세라도 가능하고, 태어나면서부터 성품이 거칠고 무지해도 가능한 것입니다.

죽는 순간까지, 자신의 부족함을 알아서 겸손하게 배워가는 사람이 가장 지혜로운 사람입니다. 왜냐하면 그런 사람만이 결국 최고의 자리, 성인의 자리에 오를 것이기 때문입니다.

05

소소한 공양의 수승한 공덕

부처님 전에 공양물을 올릴 때, 최고의 것을 찾기 위해 고민합니다. 가장 깨끗하고, 가장 좋은 것으로 올리기를 염원하지요. 쌀, 과일, 차, 향, 등, 꽃을 올리는 육법공양(六法供養)은 이렇게 지극히 공경하는 마음을 표현한 의식입니다. 그 모습만 보아도 환희로울 정도입니다.

모든 공양물은 자연에서 나옵니다. 우리가 비싼 값을 주고 산다고 하더라도, 자연이 내어 준 것입니다. 평범한 것들이지만, 우리들의 정성에 의해 비로소 부처님 전 고귀한 공양물이 되는 것이지요.

요즘 우리 절 마당에는 익어가는 과실로 가득합니다. 먼저 앵두가 탐스럽게 열리더니, 보리수나무에서 붉은빛의 열매가 윤기를 냅니다. 동시에 30년을 훌쩍 넘긴 키 큰 뽕나무는 다디단 오디를 가득 내어 줍니다.

모두에게 개방되어 있기에, 등산객이나 마을 사람들 누구나 맛을 봅니다. 봉투를 꺼내 가득히 담아 가거나, 조금만 맛을 보고 다른 이를 위해 남겨두거나, 다른 이들에게 나누어주거나…. 모두가 다 다른 마음을 냅니다.

우리 절에서 하안거를 보내고 있는 일원심 보살님은 아침저녁으로, 마당을 돌며 익어가는 과실을 거둡니다. 떨어지는 과실이 많아지자, 본격적인 추수를 시작했습니다.

오디와 보리수가 풍년이니 허리가 아플 정도로, 손끝이 빨갛고 까맣게 될 정도로 일거리가 많아졌습니다. 게다가 날씨는 점점 뜨거워집니다. 매일 과실을 거두는 수행은 참선만큼이나 끈질긴 인내를 요구합니다.

일원심 보살님이 가장 먼저 하는 일은 매일 새벽, 제일 먼저 추수한 열매를 깨끗하게 씻어 부처님 전에 올리는 것입니다. 이후에는 오는 신도님들마다 나누어줍니다. 그 기쁨으로 오늘 또 바구니를 들고 나섭니다.

부처님께서 나지가(那地迦) 마을 숲에 머무실 때의 일입니다. 원숭이 한 마리가 어디선가 갑자기 나타나 부처님 발우를 가져가려고 했습니다. 스님들은 원숭이가 발우를 깨뜨리지나 않을까 염려하여 원숭이를 쫓아내려고 했지요. 이 모습을 본 부처님께서는 괜찮다고 하시며 원숭이에게 발우를 주라고 말씀하셨습니다.

발우를 받은 원숭이는 나무 위로 올라가 벌꿀을 가득 담아 왔습니다. 원숭이는 꿀에서 불순물을 걸러내어 깨끗하게 정제하고, 샘물로 달려가 가장 맑은 물을 받아 꿀을 잘 탔습니다. 여러 번의 노력 끝에 마침내 부처님께 꿀물 공양을 올릴 수 있었습니다.

부처님께서는 꿀물을 드시고, 여러 제자에게도 나누어 마시게 했습니다. 그 모습에 원숭이는 너무도 기뻐하며 손뼉을 치고 이리저리 뛰다가 그만 커다란 웅덩이에 빠져 죽고 말았습니다.

원숭이는 부유한 장자의 집에 아들로 다시 태어났습니다. 그의 복업(福業)이 얼마나 컸던지 꿀비가 내렸다고 합니다. 장자는 기뻐하며 아이에게 밀승(蜜勝)이라는 이름을 지어주었습니다.

밀승은 장성하자, 부처님께 나아가 출가수행자가 되었습니다. 그에게 매일매일 저절로 세 그릇의 꿀이 생겼는데, 부처님과 승가, 벗들에게 한 그릇씩 공양을 올렸습니다. 부처님의 가르침 아래, 그는 곧 아라한이 되었습니다.

부처님께서는 그가 전생에 원숭이였을 때, 부처님께 꿀물을 올린 인연으로, 온 세상을 꿀로 변화시킬 정도로 큰 공덕을 얻었다고 칭찬하셨습니다.

순수하고 지극한 공양은 축생의 몸을 단숨에 인간의 삶으로 바꾸어 주었으며, 부유한 장자의 집에 단정한 아들로 태어나도록 하였고, 출가해서도 풍족했습니다. 그리고 마침내 깨달음을 성취하도록 해주었습니다.

모든 공양은 공덕입니다. 어린아이의 모래 공양도, 외진 산길 오랜 마애불 앞에 올린 귤 하나도 모두 공양입니다. 어떠한 공양이라도 우리들의 지극한 정성은 큰 공덕을 쌓게 합니다.

뜨거운 햇빛 속에서 빨갛게, 까맣게 물든 손끝에서 나오는 정성스러운 헌공이 하안거 수행의 진정한 보리수 열매가 될 것입니다.

06

수많은 의례를 포용하는 하나의 마음

우리 절에서 백중을 처음 맞이하는 몇몇 보살님들이 소란스럽게 이야기하길래 들어보니, 영단에 절을 몇 번 해야 하는지에 대한 것이었습니다.

어떤 이는 2번, 어떤 이는 1번 절하면 된다며 설왕설래하고 있었지요. 한 보살님은 "어느 스님이 3배 하는 것이 잘못되었다"라고 말했다며 목소리를 높였습니다. 저는 할 수 없이 정색하고, 마무리 지었습니다.

"우리 절에서는 영가단에도 삼배를 합니다. 영가의 본 성품이 불성이니 삼배하며, 탐진치(貪瞋痴)를 여의고 삼보에 귀의하여 부처님 법을 따라 깨달음을 성취하길 바라는 마음으로 삼배합니다. 모든 중생이 다 부처님이니, 영가라고 다르겠습니까? 그리고 다른 절에 가면, 그 절에서 하는 대로 따라 하세요. 대중 마음을 혼란스럽게 하는 것보다, 서로 위로하며 기쁘게 기도하고 오는 것이 더 좋을 것입니다."

좋은 것은 따라야 하는 것은 분명하지만, 의례는 시대와 자연환경, 사람과 문화에 따라 다릅니다. 옳고 그름을 나누는 것은 어려운 일입니다.

부처님 당시에는 부처님을 오른쪽으로 세 번 돌고 발에 머리를 조아리며 예를 취했습니다. 티베트에서는 온몸을 바닥에 던지는 오체투지(五體投地)로 절합니다. 가장 존귀한 분께 올리는 지극한 마음을 표현하기 위해 각자 문화에 맞추어 최상의 예법을 갖추게 된 것입니다.

우리나라도 종단, 지역, 사찰마다 기도 법이 다릅니다. 형식을 통일시키기 위해 많은 노력을 하고 있지만, 쉬운 일은 아니지요. 마음의 정성은 같지만, 각자의 생각을 표현하는 의례는 무수히 변화하기 때문입니다.

세상의 의례 의식이 얼마나 다채로우면, "남의 제사에 참견하지 말라" 하고, "성인(聖人)도 시속(時俗)을 따른다"라고 했겠습니까?

지난달부터 어린이, 청소년들이 「코로나로부터 세계와 가족의 건강과 치유를 위한 삼배 올리기 21일 챌린지 영상 기도」를 했습니다.

대구에 사는 초등학생 3학년 준후는 매일 삼배를 했습니다. 집 안의 모든 방에서 즐겁게 삼배하는 영상은 우리 모두에게 기쁨을 주었습니다. 회향일이 다가오자, 준후는 "절하는 것은 좋은 일인데 왜 그만해야 하냐"라고 반문했습니다.

준후에게 절하는 공간이나 시간, 옷차림, 누구에게, 몇 번의 절을 해야 하는가 하는 모든 조건은 아무 문제가 되지 않았습니다. 그저 가족들과 친구, 돌아가신 할아버지를 위해 절하는 시간이 너무도 좋았을 뿐입니다.

부처님의 가르침은 일체중생을 연민하고 사랑하는 자비심으로 대해야 함을 말씀하십니다. 형식은 중요하지만, 형식으로 인해 분열함은 두려워해야 합니다.

부처님 입멸 100년 후, 단일 교단이었던 불교가 처음으로 상좌부(上座部)와 대중부(大衆部)로 분열했습니다. 분열의 이유가 방석의 크기를 어떻게 할 것인가, 식사 시간은 언제까지로 해야 하는가, 소금을 저장하고 보석을 소유하는 일이 옳은가 등을 포함한 십사(十事), 즉 일상생활에 관한 열 가지 계율에 대한 차이 때문이었습니다.

저는 이 소소한 것이 중대한 분열의 원인이 될 만한가를 고민했던 적이 있었습니다. 그리고 분열과 전쟁, 비난은 언제나 작은 것에서 일어남을 보여주는 큰 가르침이 되었습니다.

어느 큰 사찰에 관광객인 외국인이 아기를 데리고 왔습니다. 외국인 아버지가 법당에 아기를 내려놓았는데, 아기는 신발을 신은 채였습니다.

이를 본 젊은 스님은 "아무리 외국인이라도 기본 예법도 모르면서 부처님을 뵈러 왔느냐!"며 고함을 쳤습니다. 외국인은 너무도 놀랐고, 아기는 울음을 터트렸습니다. 지나던 노스님이 "신발 신고 들어오는 것보다 법당에서 화를 내는 스님의 업이 더 크다!"라며 젊은 스님을 경책했습니다.

형식은 지난 수천 년 동안 변해왔고, 앞으로도 시대와 사람들, 세속의 요구에 따라 계속 변해갈 것입니다. 중요한 것은 그 속에 들어있는 마음입니다. 자애로운 마음으로 '다름'을 포용해 주기를 바랍니다. 의례는 그 마음을 더욱 빛낼 것입니다.

07

땅에서 넘어진 자, 땅을 짚고 일어나라

울산에 사는 어느 거사님이 최근 사업에서 큰 손해를 입고, 공장을 폐쇄할 정도로 어려운 상황이라고 합니다. 모든 어려움이 자신의 업이 두터워 일어난 것이라 생각하고, 한 달 전부터 자비도량참법 100회 독송기도를 시작했다고 합니다.

절박한 마음으로 기도를 시작했지만, 혼자서 기도를 제대로 하고 있는지 알 수 없었습니다. 여러 유튜브 영상을 보면서 '신통하다'는 기도 종류를 계속 추가하다 보니, 여러 가지가 뒤섞여서 기도는 점점 혼란스러워지고, 무속적으로 변해갔습니다.

그의 절박함은 오히려 번뇌가 되었고, 생활은 허공에 뜬 것처럼 산란해졌습니다. 큰돈을 벌기를 바라면서도, 기적을 갈망하느라 실제 사업에서는 더욱 멀어졌습니다. 하지만 본인은 무엇이 잘못되었는지 알아차릴 수 없었지요.

기도 발원이 집착으로 변하는 것은 순식간입니다. 번뇌와 집착이 일어나면 지혜는 사라지고, 더욱 깊은 늪으로 빠져듭니다.

기적을 성취케 하는 큰 힘이 기도에 있는 것은 분명합니다. 기도는 마음의 에너지를 청정하고 안정되게 하며 지혜를 밝혀

주기 때문에 발원을 속히 성취케 합니다. 하지만 중생심의 잘못된 기도 발원은 쉽게 집착으로 변하고, 결과에 따라 절망과 분노로 변합니다. 삶은 더 힘들어지게 됩니다.

보조국사 지눌(知訥) 스님은 『정혜결사문』에서 "땅에서 넘어진 자, 땅을 짚고 일어나라. 이 이치를 벗어나서 일어서기를 바라는 것은 옳지 않다(人因地而倒者 因地而起 離地求起는 無有是處也)"라고 하셨습니다. 부처는 중생 가운데서 나고, 중생은 현상계에 있습니다. 현실에서 발을 딛고 현실에서 움직입니다. 인과의 법칙 또한 현상계의 법칙입니다. 부처님의 가르침은 현상계를 떠나 있지 않습니다.

부처님이 사밧티(Sāvatthi)의 기원정사에 계실 때였습니다.

코살라국 파세나디 왕은 먹는 것을 너무도 좋아해서 항상 많은 양의 식사를 했습니다. 파세나디 왕은 점점 뚱뚱해져 숨을 쉬기 힘들 정도가 되었지요. 부처님을 친견하러 왔을 때, 왕은 마차를 타고 왔음에도 얼굴이 붉고 숨을 거칠게 몰아쉬었습니다. 고통스러워하던 왕은 부처님께 여쭈었습니다.

"부처님, 저는 음식을 보면 탐욕이 생겨 숨이 가빠질 때까지 먹는 버릇이 있습니다. 지금은 걷기도 제대로 할 수 없으니, 백성들 보기에도 부끄럽습니다. 무슨 좋은 방법이 없겠습니까?"

부처님께서는 "마음을 제어하여 식사의 분량을 절제할 줄 아는 사람은 괴로움이 적어지고, 건강하며 오래 살 수 있으리라"라는 가르침을 주셨습니다.

부처님이 신통력으로 순식간에 바로 살을 빼주리라는 기적을 바랐다면 왕은 크게 실망했을 것입니다. 하지만 파세나디 왕은 시종에게 "너는 이 게송을 식사 때마다 내 귀에 소리쳐라"라고 명했습니다.

시종은 파세나디 왕이 식사할 때마다 부처님의 게송을 소리쳤고, 왕은 그때마다 탐욕을 제어하며 음식을 줄였습니다. 차츰 '한 접시 분량'의 음식에 만족하게 됐습니다. 날씬해진 파세나디 왕은 손으로 몸을 어루만지며, 부처님을 찬탄하며 기뻐했습니다.

부처님의 가르침은 매우 현실적입니다. 살을 빼고 싶으면 운동하며 적게 먹어야 합니다. 너무도 당연한 이야기입니다. 부처님의 가르침은 그의 노력이 더욱 빛나도록 지표가 되어주고, 멈추지 않는 정진의 힘을 발휘하게 함으로써 원을 성취케 해줍니다.

기도하는 사람은 기도 발원과 목적을 위해, 자신의 실천행이 잘 갖추어져 있는지를 먼저 보아야 합니다. 세속적인 복(福)뿐만 아니라, 수행의 과(果)인 무상정등정각(無上正等正覺)까지도 현실 속에 심어진 씨앗으로부터 성장하기 때문입니다. 현실을 떠나서 정토를 말할 수 없고, 중생을 떠나 부처를 말할 수 없습니다.

울산 거사님께 산란한 기도를 줄여 집중하도록 하고, 기도와 회사 일을 철저하게 나눌 수 있도록 현실적인 실천 청규를 만들어주었습니다. 그리고 마음 굳건히 정진하기를 부탁했습니다.

하안거 회향을 맞아, 발원 성취를 위해 어떤 실천을 했는지, 앞으로 어떤 선업을 행해야 할지 돌아볼 시간입니다. 두 발을 땅에 단단히 딛고서.

08

웰컴 세대의 새로운 가치

선생님들과 보살님들의 백신 접종이 완료되면서, 영상으로만 하던 청소년 법회를 1년 만에 대면 법회로 만났습니다. 물론 인원 제한으로 다 모이지는 못했지만 즐겁고 행복했습니다.

뜻밖에도 하은이가 BTS를 좋아하는 스님을 위해 특별한 선물을 가져왔습니다. 아끼고 아껴, 비닐 포장도 그대로인 BTS의 CD와 굿즈를 부끄러워하며 줍니다. 마음이 너무 예쁩니다.

그 모습을 지켜보던 할머니가 하은이 덕분에 BTS의 UN 총회 연설을 온 가족이 다 봤다며, 팬심을 말릴 수 없다고 놀립니다. 그리고 "내 평생 처음으로 UN 회의를 생방송으로 보게 됐다"라며 뿌듯해합니다.

몇몇 법우들도 UN 본부 회의장과 건물을 직접 본 것처럼 신나서 말합니다. 한 법우는 BTS 멤버 가운데 지민이가 긴장해서 말을 잊었다가 침착하게 다시 시작하는 것이 참 대단하다고 생각했다고 합니다. 자기 같으면 그냥 울었을 거랍니다. 그걸 보니 실수하는 것을 꼭 두려워할 필요는 없을 것 같다고 합니다. 실수를 만회할 새로운 기회를 만들면 되니까요.

함께 이야기를 나누는 할머니와 청소년 법우들, 승려인 저도, UN 회의를 실시간 방송으로 보기는 처음입니다. 관심사가 전혀 다른 세대들이 모여, 같은 이야기로 즐거워하는 것이 신기하기도 합니다. 집 안에만 갇혀 있었던 아이들에게 매우 혹독했던 코로나 시절임에도, 여전히 씩씩하게 잘 성장했습니다.

고난의 시대가 오히려 미래를 위한 새로운 가능성을 찾아낸 시절이었을 수도 있습니다. '로스트 제너레이션(잃어버린 세대)'이라 불리는 이 시대를, 새로운 시각으로 받아들이며 '웰컴 세대'로 바꾸며 도전하는 모든 사람이 대견합니다. 놀라운 생각의 전환이 삶의 전환점을 만듭니다.

불교는 고난을 고난이라 여기지 않고, 수행의 과정으로 생각합니다. '고난'이나 '고통'의 단어에 갇히지 않습니다. 오히려 팔고(八苦)에 대해 사성제나 팔정도, 공(空)과 무아설(無我說) 등을 통해 고통에서 벗어나 행복에 이르는 길을 열어둡니다.

세상은 같지만 사고의 전환을 통해 완전히 다른 세계를 만나게 되는 것이지요. 그럼에도 우리는 생각의 틀에서 벗어나기가 쉽지 않습니다.

농구의 황제라 불리는 마이클 조던은 어릴 때 일하는 것을 싫어하고 놀기 좋아하는 소년이었습니다. 아버지는 어린 조던에게 헌 옷을 한 벌 주면서 2달러에 팔아보라고 했습니다. 어린 조던은 불가능하다고 생각해 거절했지만, 아버지는 도전해보라고 격려했지요.

조던은 옷을 빨아 깨끗하게 손질해, 지하철 입구에서 6시간 동안 목이 터져라 외쳐서 2달러에 겨우 팔 수가 있었습니다. 이후 그는 옷에 미키 마우스와 도널드 덕의 캐릭터 그림을 그려 25달러에 팔았습니다. 나중에, 한 벌의 티셔츠에 유명 배우의 사인을 받아 200달러에 파는 기적을 만들었습니다.

마이클 조던은 '헌 옷 한 벌의 가치가 200달러를 뛰어넘었는데, 사람인 자신의 가치는 어느 정도일까?'를 생각했습니다. 그리고 그는 재능과 노력으로 스스로의 가치를 증명했습니다.

어떤 사람이 독화살에 맞았을 때, 당장 화살을 뽑지 않고 분노와 두려움, 복수심 등의 감정으로 시간을 보내며 죽어가는 것을 두 번째 화살이라고 합니다. 예고 없이 찾아오는 첫 번째 화살은 막을 수 없지만, 두 번째 화살은 스스로 제어할 수 있습니다.

코로나는 첫 번째 화살이었고, 두 번째 화살은 우리들의 고통과 좌절, 분노입니다. 사고의 전환을 통해 두 번째 화살에서 벗어나 행복에 이를 수 있습니다. 이 시절에 더 많은 가능성을 열었다면, 가장 귀한 시간일 것입니다.

삶에서 첫 번째 화살인 힘든 일은 언제나 일어납니다. 하지만 고정된 생각, 학습된 생각이 우리를 더 고통스럽게 하고 있지 않은지 스스로를 바라봅니다. 두 번째 화살로부터 자유로워지면 매 순간 새로운 가치를 만들며, 새로운 길로 나아갈 것입니다.

15세든 80세든, 이 시대를 사는 우리 모두가 웰컴 세대입니다.

09

바닷가 몽돌의 찬란함 – 절차탁마(切磋琢磨)

바다를 마주하면 많은 것을 배웁니다. 푸르른 바다는 수평선을 따라 끝없이 넓고 아득히 깊어 무량한 붓다의 지혜를 보게 하고, 바위에 부서지는 파도는 무상(無常)을 설파합니다. 경전에 나오는 법해(法海), 해조음(海潮音), 물거품의 비유가 얼마나 적절한지 매번 감탄합니다.

그 가운데 몽돌이 반짝이는 바닷가를 볼 때면, 마치 수행자를 보는 것 같습니다. 크고 작은 몽돌은 각각의 색깔과 모양을 갖고, 파도가 스쳐 지나갈 때마다 서로 어울려 부딪치며 물빛에 반짝입니다. 동글동글 몽돌 사이로 바닷물이 흘러내리는 소리는 음악처럼 아름답습니다. 때로는 자장가처럼 편안하고, 때로는 깊은 명상에 들게 합니다. 이토록 부드러운 소리를 만들어내기까지 몽돌은 그 자리에서 천 년의 시간을 지냈을 것입니다.

동안거가 다가오는 이 시절이면, 스님들은 대중을 이루며 한곳에서 수행 정진합니다. 마치 큰 파도에 쓸려 다니며, 부딪치며, 서로의 모서리를 쪼개며 둥글어지고 매끄러워지는 몽돌과 같습니다.

대중과 함께 살며 만들어가는 시간은 아프고 매섭습니다. 절차탁마(切磋琢磨)는 개인적 수행도 더욱 깊게 해줍니다. '지독한 도반이야말로 참 스승이고, 진짜 공부구나' 하고 절실하게 느끼기도 합니다. 이 순간을 공부로 만드는 과정은 고통스럽습니다. 때로 화두조차 잊을 정도로 혼란스럽고 절박한 순간도 있습니다.

수행뿐 아니라 학문이나 예술 창작, 기술, 사업이나 인연 사이에서도 절차탁마의 시간을 거쳐야 성공을 이룹니다. 여러 비판과 자문, 경쟁 속에서 갈고 쪼개며 숫돌에 다듬고 수련해야 가장 빛나는 나를 만날 수 있습니다.

경제학계에서 맬서스와 리카도의 유명한 논쟁에 관한 이야기가 있습니다.

토머스 맬서스와 데이비드 리카도는 영국 고전 경제학의 이론체계를 완성하여 19세기 경제학 발전에 기여한 인물들입니다. 같은 세대의 같은 분야에서 두 사람은 최대의 경쟁자였습니다.

맬서스와 리카도는 태생과 성장 과정이 정반대였습니다. 맬서스는 유서 깊은 가문에 태어나 쾌활한 성격으로 엘리트 교육을 받았으며, '경제학 교수'라는 직함을 최초로 가진 사람이었습니다. 자신의 저서 『인구론』을 통해 인구 증가로 인한 부정적인 미래를 주장했지요.

반면 리카도는 유대인 이민자의 아들로 태어나 정식 교육을 받지 못했으며, 열네 살의 나이에 아버지의 주식 중개인 사업에 뛰어들었습니다. 타고난 사업 천재성으로 20대 초반에 이미 큰돈을 벌어들였습니다. 그는 우연히 애덤 스미스의 『국부론』을 읽고, 27세 때부터 10년 동안 경제학을 독학했습니다.

정규 과정을 거친 맬서스와 홀로 실전을 통해 배운 리카도는 상반되는 논쟁으로 여러 문제에서 대립하고 서로를 정면 비판했습니다.

어느 날 맬서스는 리카도에게 '만나서 이야기나 나눠 보자'고 편지를 썼습니다. 그렇게 만난 두 사람은 치열한 토론 과정을 통해 서로를 성장케 하며, 새로운 학문이 열리는 만남으로 이어갔습니다. 피 말리는 원수인 동시에 어느덧 가장 친한 벗이 된 것입니다.

부유했던 리카도는 죽을 때 세 사람에게 유산을 남겼는데, 그중 한 사람이 평생의 경쟁자이자 벗이었던 맬서스였습니다. 맬서스 또한 눈을 감을 때 "가족을 빼고 내 일생에서 그토록 사랑했던 사람은 없었다"라며 리카도를 그리워했습니다. 두 사람이 평생을 함께한 논쟁과 우정은 지금도 전설처럼 알려져 있지요.

스님들 뿐 아니라 우리 모두가 어울려 사는 '대중'입니다. 그러니, 상처받지 않고 성장할 수는 없습니다. 마음 아픈 절차탁마를 두려워하지 않는다면, 아내든 이웃이든, 직장 상사든, 모든 곳에서 나를 더욱 빛나게 할 최고의 도반을 만날 것입니다.

망망대해의 거친 파도를 두려워하지 않고 함께 어울려 빛나는 찬란한 몽돌처럼.

10

가장 큰 두려움에서 벗어나는 길

가장 두려운 일은 사랑하는 사람의 죽음을 보는 것입니다. 사랑하는 이가 늙고, 병들어 극심한 고통을 겪는 모습을 지켜보면서도 끝내 그의 죽음을 받아들이지 못합니다. 어쩌면 병고에 시달리는 그의 고통보다, 혼자 남겨질 나의 고통이 더 두려운 것인지도 모릅니다. 그의 죽음이 안타까워 슬픈 게 아니라 평생 그리워할 자신의 외로움이 더 슬픈 것인지도.

25세 아들을 잃은 어머니는 제삿날마다 절에 올라옵니다. 노보살님은 과일 몇 가지를 끌어안고, 지팡이를 의지해 절에 도착하고, 겨우 마루에 걸터앉습니다. 매번 절에서 모시러 간다고 해도 거절하는 이유는, 걸어 올라오는 이 정성마저 죽은 아들에게 복이 되길 바라기 때문입니다. 기도 내내 어머니의 눈물은 옷소매를 적십니다.

노보살님을 보는 저도 눈물을 삼킵니다. 그러나 나의 눈물은 죽은 아들을 위해서가 아니라, 노보살님이 남은 삶 동안만이라도, 눈물을 거두고 진리를 알아, 자신의 죽음만은 행복하게 맞이하길 바라기 때문입니다. 그러나 이 공부는 스님이 대신해 줄 수 없습니다.

어머니를 그리워하는 아들, 아들을 그리워하는 어머니, 남편, 아내, 연인과 친구, 세상 모든 이들의 눈물을 매일 듣습니다. 그때마다 고통에서 벗어나는 진리를 전해줍니다. 하지만 두려움에 갇힌 그에게 스님의 온갖 말은 마음에 새겨지지 않고 사라집니다. 결국 스스로의 힘으로 벗어나야 합니다.

『앙굿따라니까야』에 이르길, 어리석은 중생들은 큰불이 날 때, 큰비가 내릴 때, 도적들이 약탈하러 왔을 때, 어머니와 아들이 서로를 구할 수 없는 것을 가장 두렵다고 생각합니다. 중생들은 사랑과 재물, 권력, 건강을 가장 귀하게 여기고, 계속 유지되기를 바라기 때문입니다. 사람들은 이것을 잃는 것을 가장 두려워합니다.

하지만 부처님께서는 어머니와 아들이 서로를 구할 수 없는 진실로 두려운 세 가지는 늙음, 병, 죽음이라고 하셨습니다.

어머니가 늙어가고, 병들어가고, 죽어가는 아들을 보고 "나는 늙고, 병들고, 죽더라도 내 아들은 늙지 말기를! 병들지 말기를! 죽지 말기를!" 하며 애끓지만, 아들을 구할 수 없습니다. 아들도 늙어가는 어머니를 보고 "내가 늙고, 병들고, 죽더라도 내 어머니는 늙지 말기를! 병들지 말기를! 죽지 말기를!" 하고 바라지만, 어머니를 이 세 가지로부터 보호할 수 없습니다.

부처님께서는 이 세 가지 두려움을 버리게 하고, 극복할 수 있는 방법은 사성제, 팔정도를 수행하는 것이라 단언하십니다.

며칠 전, 아픈 어머니를 잃을까 통곡하는 딸과 오랫동안 통화했습니다. 많은 이야기를 했지만, 두려움에 사로잡힌 딸은 하나도 듣지 못했습니다. 호흡 명상을 통해 겨우 진정시키고 가라앉혔지만, 그 순간일 뿐입니다. 스스로의 힘을 기르지 않는 한, 두려움은 사라지지 않을 것입니다. 왜냐하면, 그녀가 사랑하는 존재는 어머니뿐 아니라 아버지와 남편, 자식, 친구, 재산 등등 무궁무진하기 때문입니다. 죽음과 상실은 끊임없이 다가올 것입니다.

저는 모든 사람에게 부처님 가르침을 듣고 관하고 수행하라 권합니다. 아들이 말썽부린다며 속상해하는 젊은 어머니, 사랑에 속 타는 젊은이, 남편을 미워하는 아내, 삶에 의지가 없는 청년, 노숙자에게 이르기까지 만나는 사람마다 부처님의 가르침 배우기를 간곡히 이야기합니다. 그저 한두 시간의 법문이 아니라, 본인의 지혜로 만들 수 있는 수행을 평생 꾸준히 하기를 권합니다. 대상에 의한 순간의 힐링이나 만족, 기쁨이 아니라 스스로의 힘으로 행복할 수 있어야 합니다.

오늘이 아니라도, 언젠가 반드시 가장 큰 두려움을 만날 것입니다. 절박한 그때, 자신만이 스스로를 구할 것입니다. 힘을 갖추도록 진리를 가까이하십시오. 오직 그것만이 우리들의 눈물을 멈추게 할 것입니다. 끔찍한 고통에서 벗어나 행복의 길을 열어줄 것입니다.

어느 청명한 날, 위로 없이도 세상을 향해 우뚝 선 그대를 다시 만나길 바랍니다.

11

생애 가장 큰 만남과 이별 – 삶과 죽음

백 년 평생을 약속한 사랑도 변하여 이별하고, 백 년 평생을 지극히 사랑했던 이들도 결국 죽음으로 이별합니다. 만남과 이별은 모든 존재가 매일, 매 순간 맞이하는 삶입니다.

그중에서 생명의 탄생과 죽음은 가장 큰 만남과 이별입니다. 이 만남과 이별은 가장 큰 기쁨이며 고통입니다. 또는 반대로 탄생이 고통이요, 죽음이 기쁨일 때도 있습니다.

뛰어난 수행자들은 숱한 감정을 뿌리는 탄생과 죽음을 하나로 만듭니다. 그는 옷을 갈아입듯 육신을 바꾸고, 좌탈입망(坐脫立亡)하며 생사를 초월합니다. 여행을 다니듯 오고 갑니다. 그러나 보통의 우리에게 죽음은 큰 숙제입니다. 저는 평생 가장 큰 이별–죽음에 대해 계속 준비 중입니다.

어느 봄날 불교대학 강의 도중에, 모두 모여 함께 공부하고 있는 대중들 모습이 너무 좋았습니다. 그래서 "제가 죽으면 장례식장 오지 마시고, 여기 이렇게 즐겁게 공부하고 있으세요" 라고 이야기했더니, 눈물바다가 되었습니다. 장례식장에 꼭 가야만 한다는 대중을 달래며, 부처님 전에서 공부하는 것이 저를 가장 기쁘게 하는 조의(弔儀) 방법이라고 설명했습니다.

지난달 87세로 죽음을 맞이한 미국의 루스 베이더 긴즈버그는 유대인으로, 미국 역사상 두 번째 여성 연방대법관이 된 사람입니다. 그녀는 진보의 아이콘이었으며, 평생 여성과 소수자의 편에서 투쟁했습니다. 사회적 약자의 대변인이자 투사(鬪士)였습니다.

많은 이들이 그녀의 죽음 앞에서 감사함과 존경을 표했습니다. 그중에 그녀의 관 앞에서 팔굽혀펴기를 하며, 특별한 추모를 올린 남성이 있었습니다. 그는 긴즈버그의 운동 트레이너였습니다. 그녀의 열정적인 삶과 20년 동안 4차례의 암 투병, 노령에도 끝까지 연방대법관의 소임을 책임진 그녀에 대한 존경이었습니다. 인생 전체가 도전이었으니, 그녀에게는 이것이 꽃보다 더 좋은 선물이었을 것입니다.

죽음에 대한 준비는 미래가 아니라 지금의 삶에 달려 있습니다. 어떠한 마음으로, 어떤 삶을 살고 있는지가 가장 중요합니다. 그렇기에 나라의 문화와 삶에 따라, 개개인의 삶의 방식과 마음에 따라 죽음에 대한 관념은 모두가 다릅니다.

미크로네시아라는 열대 지방의 나라는 장례식을 축제로 만듭니다. 참석한 마을 사람들이 먹고 마시고, 춤추고 노래합니다. 아프리카의 가나도 수개월 동안 장례 축제를 열기도 합니다. 우리나라 정서로는 이해하기 힘듭니다.

어느 비구 스님은 가장 존경했던 스승, 춘성 스님(春城 1891~1977)의 다비식 때, 염불 대신 가요 〈나그네의 설움〉을 노래하며 열반을 축하했던 옛이야기를 해주었습니다. 그날을 추억하며, 〈나그네의 설움〉을 노래하는 목소리는 그리움과 기쁨이 함께 들어 있었습니다.

춘성 스님의 죽음이 남겨진 이들에게 고통과 슬픔이 아니라, 그리움과 기쁨으로 숨 쉬고 있다는 것이 감동적이었습니다. 아마도 춘성 스님의 다비식에 참석했던 많은 이들이 평생 기억할 만한 놀라운 이별을 경험했을 것입니다. 또한 이 이야기를 듣는 수많은 이들이 그와 같이 생사를 초월한 수행자의 삶을 살 수 있기를 발원할 것입니다.

이것은 춘성 스님의 삶이 드러난 것입니다. 스님의 삶이 기발한 축제요, 중생들의 상식을 풍자하는 기쁨이었으며, 일반인들의 고정관념을 뛰어넘었기 때문에 가능한 다비식이었습니다.

김 보살님의 98세 노모의 49재 막재 회향 날이었습니다. 4대에 이르는 가족들, 40여 명이 참석했습니다. 3시간에 이르는 천도재를 마무리하고, 저는 회향 법문 대신 가족사진을 찍는 것이 어떠냐고 제안했습니다. 가족들은 기뻐하며, 영단에 모셔진 어머니 영정사진 주변으로 앉았습니다. 마치 어머니 생일 잔칫상 앞인 것처럼 서로를 부르며, 아이들과 활짝 웃으며 사진을 찍었습니다. 어머니 영정사진 주변으로 연꽃이 피어나는 것 같았습니다. 눈물 대신 화목한 자손들의 웃음소리가 법당에 가득했습니다.

지금까지 맞이한 49재 가운데 가장 아름다웠습니다. 건강하고 행복하게 여한 없이 잘살았다는 어머니의 삶이 어여쁜 연꽃 40송이를 피웠습니다. 가족들은 이 사진 한 장으로 4대에 이르는 오랜 세월 동안, 이 아름다운 이별을 기억하며 스스로도 그렇게 살기를 염원할 것입니다.

우리는 이별을 슬퍼합니다. 하지만, 슬픔뿐 아니라 기쁨도 함께 뿌려지는 이별이 있다는 것이 무척이나 감동적입니다. 죽은 이가 모든 것을 성취해서 더 이상 부족함이 없다면, 이별은 가벼울 것입니다. 우리는 고인의 삶을 보고, 우리의 삶도 이렇게 충족될 수 있다는 희망으로 기뻐할 것입니다. 서로에게 고통이 되는 만남과 이별이 아니라, 가장 큰 기쁨이 되는 만남과 이별이길 바랍니다.

대법관이든 평범한 소수자이든, 스님이든 일반인이든 직업과 부귀영화, 권력 등 어떤 상황에 있다고 할지라도 행복한 삶, 즐거운 죽음은 우리의 마음에 따라 선택할 수 있습니다.

우리 자신의 죽음과 장례식은 어떠했으면 좋을지 생각하는 시간을 갖길 바랍니다. 그러면 현재의 삶을 어떻게 살지 결정할 수 있을 것입니다.

특히 불법을 따르는 불교도라면 붓다의 열반을 깃발 삼아, 붓다의 삶을 기꺼이 즐겁게 걸어갈 수 있을 것입니다. 그러면 현재의 삶과 내일의 죽음이 모두 가장 완전한 행복, 니르바나에 이를 것입니다.

관음선원

〔Chapter 6〕

하나가 모두이고 모두가 하나인 깨달음의 길에서

01

행복에 이르는 새로운 삶, 출가

나의 출가(出家) 시절을 돌이켜보는 것은 처음입니다. 돌아볼 시간도 없을 만큼, 출가자로 열심히 살았던 것 같아서 기쁘기도 합니다.

출가 전의 삶에 대한 이야기를 할 때, 어른 스님들은 〈전생〉이란 말을 쓰십니다. 처음에는 이 단어가 출가 전 삶을 표현하는 데 적절한가 하는 의문을 가졌었는데, 지금은 나도 〈전생〉이란 말을 가끔 사용합니다. 출가 전과 후의 삶을 표현함에 참으로 적당한 단어라고 생각하기 때문이지요.

그렇다고 해서 출가 전의 삶에 불만이 있지는 않습니다. 교직자셨던 아버지는 묵묵하면서도 따뜻한 분이셨고, 세밀하고 지혜로운 어머니는 부족한 살림살이에도 딸 다섯을 반듯하게 키우셨습니다. 그래서 평범했지만 마음이 항상 풍족했고, 어느 누구도 나의 출가를 나무라지 않고 수행자로 있게 해 주었니, 가족 모두에게 항상 감사하게 생각합니다.

87년 6월, 당시 대부분의 대학생들이 그랬던 것처럼, 나라를 바꾸어야 한다는 불타는 청춘의 마음으로 최루탄을 맞으며 투쟁했던 시절이 있었습니다. 이후 새로운 민주화 법령은 생겼지만, 나의 삶도, 세상 사람들의 삶도 달라진 것은 없었습니다. 대학 졸업 후 학원 강사로, 잡지 편집장으로, 만화가로 여러 직업을 가졌는데, 이 시절의 나는 내게 맞는 삶을 참 부지런히도 찾았던 것 같습니다.

불교와 정식 인연을 맺은 것은 겨우 10살 된 어린 사촌동생의 49재였습니다. 사촌동생의 죽음은 우리 가족에게 큰 영향을 주었습니다. 나는 불교공부를 시작했고 불교출판사, 불교만화연구소장, 불교복지관 설립 위원장 소임을 맡으며 10년 이상을 불교계와 깊은 인연 지으며 살았습니다. 대학원 석사과정을 불교사회복지로 할 만큼 불교가 삶의 전부였지요. 한번 마음 먹으면 미친 듯 빠져드는 성격이라, 일에서도 모든 걸 던졌습니다.

특히 2000년에 개원한 교계 최초의 한국불교대학 불교만화연구소는 많은 어려움이 있었습니다. 당시만 해도 불교만화 분야는 생소했고 관심도 없었으며, 다양성이나 중요성에 대해서는 아예 설명조차 되지 않았을 때였지요.

불교만화잡지 판매부터 공모전 후원을 위해 전국을 다 돌아다녔습니다. 스님들을 만나 활동을 설명했고, 큰 단체부터 조계사 근처의 작은 불교 상점에 이르기까지 발 닿지 않는 곳이 없었습니다.

좋은 마음으로 후원해 주는 분들도 있었지만 문전박대 당하기도 하고 조롱을 들을 때도 있었습니다. 또 문화관광부 장관

상을 제정하기 위해 정계 인사를 만나기도 하고, 이현세 씨 같은 유명한 만화가를 초대하기 위해 여러 방면으로 부탁을 해야 했습니다. 탁발하는 수행자처럼, 하심(下心)을 처절하게 배웠던 때이기도 합니다.

많은 큰 행사를 진행하고 여러 소임을 맡으며 최선을 다했고, 운 좋게도 결과는 항상 좋았습니다. 반면 일에 대한 스트레스와 자신과의 싸움, 많은 사람들 속에서 일어나는 갈등은 더 강렬해지고 고통스러웠습니다.

충실하고 절실하면 할수록 나 자신은 더 힘들었지요. 모든 것에 온 힘을 다해도 마음은 고통 속에 있었고 인연 짓는 사람들이 많아질수록 승속, 성별, 나이, 직위 등에서 오는 갈등은 좀처럼 해결되지 않았습니다. 주체할 수 없을 만큼 우울할 때도 있었지요. 잠자는 시간도 없을 만큼, 육체적으로 정신적으로 쉴 틈이 없었습니다.

10년 동안 불교계 활동을 하면서 가장 많이 만나게 되는 분들이 스님들이었습니다. 가장 가까이에서 많은 스님을 만나도, 출가자의 삶을 이해하는 것은 불가능했습니다. 나보다도 더 바쁘고 더 많은 일을 해내는 스님들을 만나면 그에 따라오는 문제들을 어떻게 해결하는지에 대해서도 궁금증이 일어났습니다. 아무리 스님들의 이야기를 들어도 납득되지 않은 부분은 갈증처럼 사로잡았지요. 갈증은 불타올라서, 아무것도 생각나지 않게 만들었습니다.

그래서 출가를 결심했습니다. 그 세상이 어떤지, 내가 보지 못하고 이해하지 못하는 그것이 무엇인지 직접 확인해 보리라 생각했습니다. 그럼에도 내가 원하는 답이 없다면 다시 세속으로 돌아오리라 생각했지요. 그랬기에 출가 결정은 빨랐고 가족들과의 의논이나 허락도 없었습니다.

지금 생각하면, 이토록 가벼운 출가도 없을 것 같습니다. 하지만 그렇게 가볍지 않았다면, 그 많은 활동을 접지도 못했을 것이며, 어쩌면 아직도 출가하지 못했을지도 모릅니다.

깨달음을 성취해 중생을 제도한다는 이상적인 목적은 아니었지만, 고통 속에 있던 내겐 무엇보다 현실적이고 절실한 결정이었습니다. 이 절실함과 경험은 출가 후 공부와 활동에 많은 도움이 되었습니다.

출가 후 몇 년이 흐른 뒤에야 내가 원하는 답을 얻었습니다. 물론, 이 과정이 아무런 고통 없이 쉬웠다고는 결코 말하지 않겠습니다.

승가(僧伽)의 공부는 끝이 없고, 동시에 불교대학 강의를 진행하며, 사찰의 기도와 행사를 이끌어가는 빈틈 없는 시간 속에서도, '번뇌'란 것이 끊임없이 일어나는 것은 참으로 놀랍습니다!

어느 봄, 큰 결심을 하고 방문을 잠그고, 공양도 하지 않은 채 정진을 시작했습니다. 며칠이 흘렀는지도 모르겠습니다.

불길 같은 번뇌가 지나면 고통이 골수를 찌르는 듯했으며, 탐욕의 더러움을 덮어쓰고 지옥에 앉은 나를 보고 통곡하며 쓰러질 때도 있었습니다. 화두를 중심에 두고 작은 방 안에서

우주를 삼키고 뱉었습니다.

지금 생각하면 그 시간 속에서, 답을 찾을 때까지 정진을 포기하지 않은 것은 참으로 큰 가피였습니다. 불보살님과 신장님들의 가호로 이루어진 선불장(選佛場)이었습니다.

그날, 그 정진을 포기했다면 수행자의 길을 포기했을 것이고, 정말 가벼운 출가가 되었을 것입니다. 그때의 정진으로 깨달음, 진리에 대한 확고한 신념이 완성되었고, 고요함을 얻었습니다. 이후 모든 삶이, 모든 것이 달라졌습니다. 삭발한 머리카락처럼 갈등과 번뇌는 사라지고, 혼란과 업연이 정리되었습니다. 그리고 가사 외에 다른 옷이 없음이 만족스러웠지요.

출가는 모습뿐 아니라 나 자신의 모든 것, 삶 자체를 바꾸었습니다.

열렬했던 대학생 시절에는 세상을 바꾸고 싶었지만 세상은 여전했고, 재가자로서 불교 공부를 했지만 나를 바꾸지 못했고, 새로운 일을 시도하면서 특별한 것을 얻고 싶었지만 번뇌로 가득했습니다. 순간순간 모든 것에 대해 뜨겁고 열렬했지만, 그만큼 고통스러웠고, 충족된 것은 별로 없었습니다.

승복을 입고 있는 현재의 나는, 여전히 바쁘고 쉴 틈 없습니다. 그러나 평온하고 행복합니다. 소녀 시절처럼 작은 꽃잎에도 감사하고, 순간순간 스치는 작은 인연도 어여쁩니다. 고요하지만 여전히 열정적입니다. 기도와 강의, 어린이·청소년법회, 명상법회 등의 여러 가지 활동을 하면서도 과거와는 달리 여유롭고 고요합니다. 몸은 같지만 전혀 다른 나를 만납니다.

나와 세상을 변화시키는 가장 평화롭고 행복한 방법을 찾았기 때문입니다. 세상을 변화시키고 싶었던 젊은 시절의 꿈을 여기서 실현하고 있습니다.

누구든 스스로 원하기만 하면 자신의 삶을 바꿀 수 있음을 확신하며 이야기해 주는 것이 즐겁습니다. 나처럼, 모든 이들이 고통에서 벗어나 행복에 이르기를 바라면서….

이것이 지금 나의 행복이며 나의 삶입니다. 다른 이들의 행복으로 내가 더 행복해지는, 아름다운 나를 만나는 여행입니다.

그러니 출가 전후를 가히 〈전생〉과 〈금생〉이라 할 만하지 않습니까!

02

인연을 아름답게 하는 수행과 실천

어린 시절, 외할머니께서 창건한 절에서 방학을 보낼 만큼 불교와의 인연이 깊었습니다. 어머니는 성철 스님, 송월 스님 등 큰스님들의 젊은 시절을 알고 계실 정도로 신심이 깊었습니다.

만화 작가로 활동하던 어느 날, 불교 공부를 시작했습니다. 대학 졸업 후 출가 전까지 교계의 여러 활동을 부지런히 했으니, 돌이켜보면 대부분의 삶이 부처님과의 인연이었지요.

다양한 활동을 했던 만큼 사람들과의 갈등이나 삶에 대한 방황이 끊임없이 일어났습니다. 때로는 나와 같은 아픔을 갖고 불교를 떠나는 이들을 보기도 했지요. 출가 후 정진과 선방, 무문관 등 여러 수행을 통해서, 또 승가대학에서 강의를 하면서 새로운 눈을 떴을 때에야 비로소 세상을 담을 수 있었습니다.

아마도 이러한 과거 인연으로 산림청 시유지에, 무허가인 관음선원에 머무르게 된 것인지도 모릅니다. 각자 겪어야 할 삶의 번뇌를 내려놓고, 모든 이들이 즐겁고 행복할 수 있는 도량이 되면 좋겠다는 소박한 바람으로.

달동네에 있는 무허가 사찰은 여러모로 열악한 환경이었습니다. 스님이 없었으니 신도도 없었고 요사채와 연결된 하나뿐인 법당은 십여 명이 겨우 앉을 만큼 좁았습니다. 주변은 타종단 스님이 운영하는 절과 무속인들의 당집이 무척 많았는데 딱히 구별이 되지 않았지요. 달동네에 마지막 남은 주민은 대부분 평생을 거칠게 산 연세 많으신 어르신들이었기에 매일 싸우는 소리, 욕하는 소리가 들렸고 구청에서는 민원이나 고발로 직원들이 수시로 동네를 돌았습니다.

이런 상황에서 매일 108배를 하며 불교 기초 교리반, 어린이 법회를 열었습니다. 대참회문을 외우며 올리는 108배는 모든 기도의 중심이었으며, 이는 종종 곤란한 일과 부딪쳐야 하는 나 자신을 위해서였습니다.

하다 보니 신도들도 차츰 108배를 즐겨하게 되었습니다. 절에 오지 못할 때에는 집에서 하는 분들도 많아졌지요. 연세 많으신 분이나 다리 아파 힘든 분들도 우리 절에서는 108배를 어렵지 않게 해냈습니다. 본인도, 보는 이들도 신기하게 생각하고 감동 받습니다.

무허가에 사는 이웃 어르신들은 여름, 매일 땀 뻘뻘 흘리며 절하는 스님이 신기해서 구경하러 오기도 했습니다. 무속인들이 많은 동네에서는 평생 보지 못했던 광경이었으니까요. 그런 시선 속에서 108배를 할 때는 삼천 배를 하는 만큼 힘들었습니다.

발목을 다치기 전까지, 108배는 15년 동안 매일 했습니다.

그리고 삼천 배, 다라니 기도, 금강경 독송 등 특별 기도를 쉼 없이 했습니다. 덕분에 동네 어르신들의 불교에 대한 인식을 바꾸는 데 1년도 걸리지 않았습니다.

어느 날은 노숙자 한 분이 절에 왔습니다. 그의 목적은 약간의 돈을 얻어서 술을 사 먹는 것이었지요. 저는 그를 법당으로 데려가서, 그의 삶에 대해 이런저런 이야기를 나누었습니다. 그리고 108배를 해 보라고 얘기했습니다. 그는 "스님이 같이 해주면 하겠다"며 비웃듯이 답했습니다. 저는 바로 가사 장삼을 수하고, 당황해하는 그의 앞에 섰습니다. 아마도 스님이 같이하겠다고 나서리라고는 생각지 못했던 것 같습니다. 1초의 여유도 없이 바로 108배를 시작했습니다. 절 하는 동안, 그는 부처님 전에서 눈물 쏟으며 마음을 드러냈습니다. 자신을 바라보았고, 희망을 얻었습니다. 그는 노숙자 생활을 접겠다고 약속했습니다. 이후 그는 몇 번인가 절에 와서, 108배를 같이했습니다. 세월이 흘렀으니, 그가 어떠한 모습일지 궁금합니다.

기도와 수행 속에서 베풂은 인연을 바꿉니다. 매달 관음재일에는 과일과 떡을 절 주변 20여 가구에 나눕니다. 우리 절에 공양미가 없던 어려운 초기 시절부터 지금까지 20년 동안 단 한 번도 빠진 적이 없는 행사입니다. 언제부터인가 동네 어르신들은 관음재일을 기다립니다. 시골 동네보다 인심이 좋다며, 블로그에 자랑하는 신세대 노보살님도 계시지요.

초파일과 백중, 동지, 명절에는 쌀과 생필품을 나누고, 소소한 가족들 이야기도 들어 줍니다. 절 마당은 24시간 동네 주차장으로 개방하였습니다. 정기적이지는 않지만, 우리 절 형편이 조금 나은 해는 청소년 장학금을 수여합니다.

수년이 지나자 호전적이고 거친 달동네 어르신들도 마음을 열었습니다. 상추와 호박, 밤 등을 들고 오시고, 부처님 오신 날에는 쌈짓돈으로 연등을 달아주십니다. 손주 기도도 올리게 되었지요.

매일 간절하게 올리는 기도와 베풂은 여러 해 동안 많은 것을 바꾸었고 삶을 더 풍요롭게 해 주었습니다. 기도 가피는 언제 어떻게 올지 모릅니다. 즐거운 마음으로 부처님 가르침을 따르다 보면 크고 작은 가피들이 항상 함께합니다. 그 기쁨은 더욱 정진할 수 있는 신심이 되었고, 도반들끼리 가족 같은 마음을 갖게 했으니, 어려운 우리 절을 이끌어가는 가장 근원적인 힘이라 할 수 있습니다.

03

진리를 아는 기쁨, 삶을 아는 기쁨

10년, 20년째 공부하는 삼장법사, 대삼장법사가 탄생하는 날은 우리 절 불교대학에서 가장 큰 행사로 봉행됩니다. 법사복을 수하고, 삼장법사패와 졸업장을 받습니다. 가족들과 친구들도 초대됩니다. 어느 보살님의 남편은 큰 꽃다발을 준비해 아내와 스님에게 선물했습니다. '아내의 스승'에게도 감사 인사를 올리는 남편의 모습에 모두가 감동했습니다.

아내가 70세가 되도록 즐겁게 공부하는 모습이 너무도 좋다고 합니다. 이렇게 정성으로 이끌어주는 스님의 노고에 감사한다고 하니, 칭찬하는 그 마음이 얼마나 멋집니까!

부처님 도량에서의 모든 일은 불사(佛事)입니다. 기도, 봉사, 수행 등 모든 일은 부처님의 일이 되고 나의 공부가 됩니다. 그럼에도 불구하고 행복하기보다는 세속처럼 다툼과 번뇌가 끊임없이 일어나고 고통을 겪습니다. 그것을 공부로 바꾸지 못하면 결국은 절을 떠납니다.

부처님 곁에서 하는 모든 일이 참다운 불사가 되게 하려면 부처님 법을 알아야 합니다. 그것만이 모든 것을 해결할 수 있습니다. 이것이 내가 겪었던 과거의 모든 경험의 답이었습니다.

그래서 제일 먼저 기초교리공부 강의를 시작했습니다. 첫해 공부하러 온 분들이 10여 분이었는데, 기본적으로 108배 올리는 사시기도에 반드시 동참해야 하고, 한 가지 봉사를 꼭 하는 것을 원칙으로 세웠습니다.

그리고 누구나 공부할 수 있도록 수업료는 한 달에 1만 원인데, 20년이 지난 지금도 같습니다. 대면 수업은 10시부터 쉬는 시간 없이 기도 1시간, 참선 20분, 수업 1시간 30분으로 이루어집니다. 방학도 없습니다. 공부 인원이 많지 않아서 개별적인 질문이나 상담이 가능하다는 것도 공부에 큰 도움이 되었습니다. 현재는 유튜브 실시간 강의로 진행하는데, 내용은 같습니다.

봉사활동은 언제든 가능한 시간에 자유롭게 합니다.

40대에서 80대까지 학생들의 나이 차이가 거의 40년이 넘고, 천수경부터 법화경까지 다양한 경전을 재미있고 알기 쉽게 강의하기 위해서는 많은 노력이 필요했습니다. 세상에는 불교 공부보다 바쁜 일이 너무 많고, 즐길 거리도 다양했으니까요. 그러니 진리를 아는 것이 세상일들보다 더 즐거워야 했습니다.

다행히 공부하는 분들 스스로 자신을 대견해하고 무척 행복해합니다. 불교 공부하면서 삶이 바뀌는 것을 실제 느끼고 변해가는 본인의 모습을 알아차리니 성취감도 갖게 됩니다. 가

관음선원

족들도 절에 오도록 만들었지요.

84세인 노보살님은 1시간 30분 지하철 타고 오는데 지각 한 번 하신 적이 없습니다. 누구보다 즐겁게, 열심히 강의를 듣고, 법당 청소하고 내려가십니다. 꾸준히 열심히 공부를 하는 분들의 모습은 나를 비롯한 모든 대중에게 힘이 됩니다.

어느 보살님은 차를 타고 가다가 주인과 친한 과수원을 지나가게 되었습니다. 평소에는 떨어진 과일이 있으면 주워서 가져오기도 했습니다. 그런데 불교 공부를 한 이후에는, 선뜻 과일을 주워오지 못했습니다. 비로소 자신의 행동 세세한 부분을 알아차리게 된 것이었습니다.

대부분 말과 행동이 달라지고, 삶을 살아가는 마음도 달라집니다. 불교 공부는 마음에 대한 이야기이고, 생로병사(生老病死)가 담긴 인생에 대한 이야기이기 때문입니다.

강의가 다양해질수록 수업 준비에 더 많은 시간이 소요되었지만, 즐거웠습니다. 그리고 나 자신의 점검시간이기도 했습니다.

매일 새벽부터 승가대학 강의, 사시기도, 교리공부, 각종 기도와 법회를 진행하는 것이 체력적으로 힘들었습니다. 강사를 초청할까도 생각했지만 강사료를 지급할 형편이 안 되었지요. 오직 내가 강의를 계속하는 수밖에 없었습니다.

이런 상황에서 무엇보다 자신을 조절하는 법을 익혀야 했습니다. 다행히 경전강의를 하면 할수록 나의 큰 숙제도 함께 해결돼 갔습니다. 체력을 안배하고 일을 조절하고, 부족한 살림이나 신도 숫자에 대한 욕심을 버리니 더 여유로워졌지요. 모든 길은 부처님 법안에 오롯이 열려 있음을 안 것도 큰 가피였습니다.

신도들은 차츰 기복적이고 미신적인 종교 형태를 벗어나 주체적인 삶과 행복을 찾는 즐거움을 얻었습니다. 법에 대한 즐거움은 모든 갈등과 상황을 이겨내고 지금까지도 꾸준히 공부할 수 있는 바탕이 됩니다. 인생은 새로워지고, 삶은 윤택해지고, 마음은 행복해집니다.

공부하시는 분들은 만나는 사람들에게 꼭 불교 공부하라고 권하고, 안타까워하기도 합니다.

기초교리와 경전강의는 아직도 인원에 상관없이 이어지고 있습니다. 대부분 평생 공부해야겠다고 생각하며 공부합니다. 그래서 돌아서서 잊어버려도 괜찮다고 생각합니다. 마음에 대한 공부는 우리 삶과 하나이기 때문입니다.

진리에 대한 공부는 항상 즐겁고 자신을 돌아보게 합니다. 진리가 삶의 기준이 되는 기쁨을 맛보게 하지요. 그러니 세상일이 조금 즐겁고, 바쁘다고 어떻게 이 공부를 포기하겠습니까.

올해 20년째 공부하고 곧 대삼장법사가 되는 어여쁜 우리 대보살님들에게 특별한 상을 주어야 할 것 같습니다.

04

아이들의 에너지, 우주를 움직이다

아이들이 좋아서 어린이, 청소년 법회를 시작했습니다. 어느덧 자라서 청년이 되고, 결혼해서 아버지와 어머니가 되었습니다. 아기를 안고 오면, 손자를 보는 것처럼 어여쁘고 사랑스럽습니다. 군에 입대한 아이들의 이름은 우리 절 인등 기도로 항상 불이 밝혀져 있습니다. 휴가 때나 제대할 때 무사히 다녀와 인사하면, 노래 부를 만큼 행복합니다.

자라는 아이들을 보는 기쁨 속에서, 나도 그제야 삶의 네 가지 고통(生老病死) 중 '늙어감'을 실감합니다.

밝게 빛나는 아이들의 웃음 소리는 언제나 생생한 에너지를 전해 줍니다. 여름불교학교 때는 선생님, 봉사 인원까지 합하면 거의 100여 명 이상 움직이는, 우리 절로서는 제일 큰 행사 중 하나입니다. 어른보다 아이들 법회 인원이 더 많지요. 그 에너지의 움직임은 눈에 보이는 것처럼 생생하게 펼쳐집니다. 우주가 깨어나는 것처럼, 경이롭습니다.

어린이 법회는 일반 법회보다 준비할 게 훨씬 더 많습니다. 항상 새로운 법회 방법과 게임, 상품을 찾아야 하고 어린이 교육, 심리, 환경 등에 대한 기사나 방송, 책을 보면 시간 가는 줄 몰랐습니다. 나는 독신이라 아이들의 심리와 어머니들에 대한 역할까지 찾아가며 공부해야 했으니까요. 게다가 법회는 혼자 할 수 있는 일이 아니어서 선생님과 공양간 봉사할 분들을 계속 구해야 했고, 아이들과 어른들 모두가 즐겁고 보람된 시간이 되도록 고민해야 했습니다.

참석하는 아이들의 인원이 부족해서, 신도님들과 함께 동네를 다니며 안내문을 돌리기도 하고 이웃이든 친척 아이는 꼭 데려오게 했습니다. 아이들과의 인사는 항상 안아주는 것이었는데, 어느 날부터인가 팔만 벌리면 아이들이 달려와 안겼습니다. 아이들은 절을 놀이터로 생각했고 스님을 같이 놀 수 있는 친구로 여깁니다.

언젠가는 어머니에게 혼나고, 화가 난 아이는 용감하게 가출했습니다. 제일 먼저 저를 찾아왔습니다. 본인이 생각하기에, 가출하기에 우리 절이 가장 적당했나 봅니다. 펑펑 우는 아이의 이야기를 들어 주고, 다독여 주고, 저녁을 같이 먹었습니다. 어머니에게는 비밀리에 연락해서, 안심시켜 두었지요. 아이는 그 시간 동안 마음이 풀렸습니다. 어머니 품 안에 안기는 아이를 보니, 어린이 법회를 한 것이 참으로 잘했다는 생각이 들었습니다. 늦은 밤, 도시를 헤매지 않고 부처님 품 안으로 찾아오는 것이 얼마나 다행한 일인가요!

어린이 법회는 아이들에게 힘을 길러 줍니다. 일반 기도 법회처럼 천수경, 예불, 관음정근, 반야심경까지 아이들이 직접 목탁을 치고 염불합니다. 법회 사회를 보고, 소종, 마지 등을 올립니다. 글씨를 모르는 유치부도 책을 거꾸로 들고 형들을 따라 30분을 앉아 있는 것이 놀랍습니다. 아이들의 인내력과 집중력은 놀라울 정도입니다. 우리가 상상하는 것보다 훨씬 큰 가능성을 갖고 있습니다.

기도 후 명상시간, 놀이시간이 이어지는데 법당이든 마당이든 원하는 대로 동네가 떠나가도록 소리 지르며 새처럼 날아다닙니다. 선생님들은 지쳐 쓰러져도 아이들은 에너지가 넘쳐납니다.

형들은 동생들과 놀아주고 돌보고, 동생들은 엄마 손을 떠나 새로 만난 형을 쫓아다니면서 우애가 생겼습니다. 사회성과 타인에 대한 배려를 배우고, 다음 법회에 만날 수 있는 대가족이 되었지요. 그리고 이 기억은 10년이 지나도 잊히지 않

아서, 서로 이름을 기억하고 잘 지내고 있는지 궁금해합니다. 대학생 형들은 틈틈이 아르바이트한 돈으로 동생들 아이스크림을 사오기도 합니다. 그런 날이면 저도 멋진 아들딸을 둔 것 같아, 자랑스럽고 당당해집니다.

선생님들의 봉사도 20년을 이어왔습니다. 이제는 아이들 전문가가 되었지요. 그 세월 동안 아이들의 교육, 환경, 정서적인 변화를 이해하고 포용하며 봉사하는 동안 마음 수행이 저절로 됩니다.

아이들이 좋아할 풍성한 선물을 준비하기 위해 여러 가지 방법을 찾으며 고민합니다. 20년 전에는 선물과 놀이의 종류가 손수 제작하고 옛 놀이와 같았는데, 지금은 교구들을 대부분 인터넷으로 주문합니다. 몇 년 전까지는 졸업 선물로 손수 앨범을 만들어 주었습니다. 세상에 오직 하나뿐인 이 선물은 우리 절에서 지낸 성장앨범이 되기도 해서 평생의 추억으로 남습니다.

봄에는 사찰이나 수목원, 박물관 등등 다양한 곳으로 나들이를 갑니다. 한국불교의 위대함을 보는 데 가장 좋은 경험입니다. 대신 사찰에 미리 전화해서 아이들이 떠들어도 되는지, 아이들이 목탁을 치며 기도해도 되는지 허락을 받습니다. 그래서 순례 사찰 선택에 제한이 있지만, 아이들은 보물찾기를 하며 행복한 하루를 보냅니다. 가을에는 작은 절 마당에서, 옛날 같은 정겨운 소운동회가 있지요. 푸른 하늘, 예쁜 도시락,

아이들과 가족들의 함성 소리가 드높은 날입니다. 이렇게 아이들의 법회는 하나의 가족이 되고 마을이 되어서 아이들의 성장을 돕습니다.

공양후원회는 보살님들과 어머니들 20여 명이 봉사하는데, 본인들이 후원회비를 내어 준비해 줍니다. 아이들이 좋아하는 메뉴를 아주 심각하게 고민하고, 장을 봅니다. 그런 모습이 아이들만큼이나 귀엽고 사랑스럽고 다정해 보입니다.

아이들은 생각보다 훨씬 의리가 있습니다. 교회 안내문을 받으면 절에 다닌다고 당당하게 이야기하고 지하철에서 스님을 만나면 쫓아가 합장 인사도 합니다. 법명을 받고 난 뒤, 부모님에게 꼭 법명으로 불러달라는 아이도 있지요. 손목에 찬 단주를 잃어버리면 반드시 다시 받아서 지니고 다닙니다. 불자들이 종교를 드러내지 않는 소극적인 특징을 갖는 데 비해, 아이들은 반대입니다. 그것이 저를 움직이게 하는 또 하나의 힘입니다.

불교는 오직 마음이 행복해지는 방법에 대해 이야기합니다. 그러니 절에 오지 않는다고 해서 벌을 받거나 지옥에 갈 일이 없으니, 강제성이 전혀 없습니다. 법회 참석하는 선택은 오직 아이들의 마음에 달린 일입니다. 그러니 '불교'라는 종교에서 어린이 법회는 가장 많은 봉사자를 필요로 함에도 가장 불안정한 어려운 모임입니다.

그럼에도 불구하고 단 한 번도 쉬지 않고 법회를 여는 이유는 아이들이 행복하기를 바라기 때문입니다. 사춘기, 시험, 경쟁, 사랑, 군 입대, 결혼 등 성장하면서 겪어야 할 모든 일을 지혜롭게 지나고, 오히려 더 큰 힘을 얻기를 바라기 때문입니다. 좌절하지 않고, 스스로를 고통 속에 두지 않기를 바라기 때문입니다. 삶에서 우리가 겪었던 모든 일을, 우리 아이들은 좀 더 쉽게 행복에 이르기를 바라기 때문입니다.

아이들의 성장은 우리들의 삶만큼 오래오래 걸리지만, 항상 놀라움을 줍니다. 그리고 웃음 가득한 얼굴은 세상을 더욱 행복하게 합니다. 온 우주를 뒤흔들 만한, 가장 순수하고 생명 가득한 에너지입니다.

그래서 아이들을 만나는 날은 우리를 더욱 젊고 건강하게 해주니, 오히려 더 큰 선물을 받는 날입니다. 세상의 모든 아이들이 건강하고 안전하게 보호 받기를 기도합니다.

05

진리를 실천하는 황홀한 기쁨, 법열(法悅)

수년 전, 우리 절 가장 선배인 보살님이 갑자기 돌아가셨을 때입니다. 가끔 배가 아프다고 하시고, 어느 날은 다리를 삐었다고 하셔서 절에 한동안 오지 못했습니다. 그래서 저는 집에 찾아가서 이런저런 이야기를 나누고, 안아주며 다독이고 돌아왔습니다.

시간이 지나도 병이 잘 낫지 않아서 병원에 갔더니, 갑자기 대장암 말기라는 진단을 받았습니다. 급히 수술한 뒤 계속 입원하셨기에, 이러한 모든 소식을 돌아가신 뒤에야 알게 되었지요.

부고 소식을 들은 신도들은 너무도 황망했고, 저 역시 잠을 이루지 못했습니다.

장례식장에 모두 모였습니다. 슬픔에 쌓인 딸들을 위로하고, 가족들과 인사를 나누고 기도를 시작했습니다. 이후 보살님의 도반들은 밤새 돌아가면서 기도를 했습니다. 일반적으로 조문객들이 모여 술을 마시거나 화투놀이를 하며 함께하는 위로와는 방법이 전혀 달랐습니다.

장례식장에서 영가님을 향해, 잔잔히 쉼 없이 울렸던 기도 소리는 가족들의 눈물을 멈추게 하고, 고통스러운 순간을 견디게 해준 가장 큰 힘이었습니다. 돌아가신 분의 자녀들은 그때서야 비로소 어머니의 종교 생활을 이해했고, 그 이후 가족들은 모두 절에 다니고 있습니다.

급박하고 고통스러운 상황도 이겨내는 지혜로운 힘은 우리를 성장하게 합니다.

우리 절을 찾는 신도들은 공부, 기도, 봉사, 수행을 반드시 병행하도록 당부합니다. 그러다 보니 법회나 공부, 특별기도 등이 끊임없이 이어집니다. 되도록 모든 일정을 함께하지만, 종단 교육이나 행사, 강의 등으로 절을 비우는 일이 있습니다. 그때마다 기도 스님들을 모시기가 쉽지 않았습니다. 결국, 스스로 기도할 수 있도록 신도들에게 목탁을 가르치기로 했지요. 스님이나 신도님들 중에는 이에 대해 부정적으로 생각하는 분들도 있었지만, 절 형편상 선택의 여지는 별로 없었습니다. 이러한 수행의 시간이 지혜의 힘이 됩니다.

불교교리 공부를 시작한 후 1년 이상이 되면 누구나 목탁을 칠 수 있습니다. 그럼에도 목탁을 배워 직접 기도 집전할 수 있을 때까지 남는 이는 겨우 1~2명뿐입니다. 시간 여유가 있고, 신심도 깊으면서 기도를 즐겨하는 분들만이 끝까지 남았습니다. 목탁 집전, 염불을 하는 신도님들은 오후 늦게까지 혼자 경전 독송을 하며 연습을 했습니다. 개인 성향에 따라 금방 즐겨하는 사람이 있는가 하면, 스트레스를 받아 포기하는 경

우도 있습니다. 본인이 집전하는 날에는 새벽부터 와서 연습하고, 때로는 토할 정도로 긴장합니다. 그러니 익숙해지기까지 얼마나 열심히 연습하는지, 스님인 저도 감탄합니다.

염불소리는 우렁차고 음률이 맞아 음악이 됐고, 자부심도 갖게 됐습니다. 그런 모습을 보는 다른 신도들의 참여도도 높아졌지요. 다라니기도, 철야기도, 삼천 배 등 모든 기도를 신도들이 원하는 때에 자유롭게, 어려움 없이 할 수 있으니 더 즐거워졌습니다. 물론 처음 오시는 분들 중에는 가끔 재가자가 목탁 치는 모습에 거부감을 갖기도 합니다. 하지만 단점보다는 장점이 훨씬 많습니다.

이런 시간이 지나 익어지면, 그다음부터는 몇 시간 걸리는 기도도 거뜬히 해 냅니다. 집중도는 몇 배 상승합니다. 환갑이 훌쩍 넘어도 집중력과 염불 속도, 발음, 기억력, 신심 등등 모든 부분의 생활력이 떨어지지 않습니다. 젊은 사람들만큼 도전하는 마음도 갖고 있어서 삶을 즐길 줄 압니다. 화합력도 뛰어납니다.

인원이 많지 않아 개별 지도하고, 봉사 중 일어나는 문제를 그때그때 해결할 수 있는 점은 마음공부에도 큰 도움이 됐습니다. 집전하면 할수록 신심은 더욱 열렬해졌지요. 소극적이었던 분들은 삶의 주인이 되어 활동하니, 가족들에 대한 간섭도 줄어들고 관계가 긍정적으로 바뀌었습니다.

몇 년 전, 동안거 정진을 위해 무문관에 들어가 3개월 동안 절을 비웠습니다. 3개월 동안 스님 없이, 신도님들은 매달 철야기도, 매주 금강경 7독, 매일 사시기도를 했습니다. 그런데 20여 명 이상이 동참했습니다. 그해 저와 신도님들의 별거로 이루어진 동안거 수행은 최고의 수행이 되었습니다. 수행을 성취하고, 해제 날 만나 나누었던 기쁨은 최고의 법열이었습니다.

'연화봉사단'은 장례, 개업, 병문안 등 청하는 곳이 있으면, 찾아가 기도해 주는 봉사단체입니다. 목탁집전자 중심으로 일반 신도들도 동참합니다. 도반들이 힘들고 어려울 때, 언제든 찾아가 위로하고 기도해 주고 싶다는 발원으로 시작되었습니다. 집전에 익숙해지면서 모든 기도가 스님 없이도 가능해지니 매우 자유로워졌습니다. 그리고 간단한 모임에도 삼귀의와 반야심경을 독송하는 불교적인 분위기를 만들 수 있게 되었지요. 이는 대외적 포교에도 귀감이 되었습니다.

이렇게 부지런히 정법으로 정진하는 신도들의 모습은 나로 하여금 '무엇을 더 해줄 수 있을까'를 고민하게 만들었습니다. 수행자의 마음을 갖춘 이에게 매 순간, 수행이 아닌 때가 어디 있겠습니까! 모든 일이 불사가 되고 오직 그의 마음에 따라 결과가 달라질 뿐입니다.

부처님 가르침을 따라 실천하는 기쁨은 중생들의 마음을 어루만져 주는 그때가 가장 큽니다. 그 기쁨은 세상에서 가장 뿌듯하고, 행복하며, 공덕이자 복이 됩니다.

무엇보다 나의 가장 소중한 이들에게 어느 누구도 해줄 수 없는 자비와 은혜를 베풀 수 있는 힘은 오직 이 공부의 오랜 정진, 법의 기쁨으로만 가능합니다.

06

마음을 비우고 마음을 만나는 명상여행

스님들에게 수행은 오직 마음입니다. 모든 것은 마음에서 비롯되었고, 마음에서 이루어지고, 마음에서 변화하며 소멸합니다. 그 마음을 오롯이 관하는 것이 명상이요, 참선입니다.

마침내 그물에 걸리지 않는 바람처럼, 세상 모든 것에서 자유롭게 됩니다. 번뇌든, 인연이든, 사물이든, 일체 모든 대상들도 역시 바람이 됩니다. 서로가 걸리지 않습니다.

한 신도님이 뇌출혈로 쓰러져 몸 오른쪽이 완전히 마비가 되었습니다. 식사도 할 수 없을 정도였지요. 병원에 입원해서 재활치료까지 1년 동안, 그의 삶의 모든 에너지는 고갈되었습니다. '병에서 영원히 벗어나지 못하면 어떻게 하나' 하는 두려움과 끝이 없는 재활의 고통은 오직 자신만이 해결할 수 있는 일이었으니까요!

다시 태어나는 것과 같았습니다. 숨 쉬고 걷고 생각하는 모든 것을 다시 배웠습니다. 그리고 그는 다시 불교공부와 수행을 시작했고, 봉사활동도 멈추지 않았습니다.

어떤 이는 "기도가 무슨 소용인가! 그렇게 신심이 장한데, 왜 저런 일을 겪어야 하나!"라는 소리를 하면, "그 덕분에 이렇게 멀쩡하게 다시 절에 올 수 있었다"며 상대에게 웃어줍니다.

수억겁의 세월 동안 지은 중생의 모양은 끊임없이 생로병사(生老病死)의 업(業)을 일으킵니다. 그러니 살면서 아무 일도 일어나지 않는 것은 불가능합니다. 우리가 간절히 원하는 것은 바로 업을 이겨내는 힘, 불가능할 것 같은 기적을 만드는 힘을 갖는 것입니다. 마음수행을 하는 이유입니다. 쓰러졌던 이가 다시 일어나는 것처럼, 우리의 삶의 모든 것을 바꾸는 힘이지요. 참선은 마음수행 중 으뜸이라고 생각합니다. 현재 나를 지탱하는 힘도 화두에서 나온 것이요, 생로병사를 바꾸는 것도 그 힘이기 때문이지요.

우리 절의 다양한 포교 활동 속에서도 제가 어느 해는 선방을, 어느 해는 무문관을 다녀오는 이유도 그 때문입니다. 수행의 힘이 있기에, 다시 돌아와 기도와 강의, 법회, 명상 프로그램을 통해 많은 사람들을 만나도 지치지 않습니다.

다시 시작하는 마음으로 세상을 바라보면 모든 복잡한 일들이 소소한 일상이 되고, 모든 일이 원만히 해결되어 갑니다. 한 마음이 청정하면, 온 세상이 청정하다는 말이 와닿습니다. 그러나 일반 사람들에게 오롯이 참선 수행하도록 권하는 것은 쉽지 않았습니다. 일상의 일도 바쁘고, 개개인의 상황도 다양하기 때문입니다.

또한 경전공부는 개강과 종강처럼 시작과 끝이 분명하게 있지만, 마음공부는 전혀 다릅니다. 오직 자신만이 알고, 자신만이 느낄 수 있는 부분이지요. 참선 수행 시간을 만들어도 대부분 재미를 느끼지 못해서 억지로 앉을 뿐이었습니다.

15년 전, 7일간의 단식 수행에 동참했을 때의 일입니다. 그 때 여러 명상 프로그램에 동참했는데, 대중들의 반응이 매우 특별했습니다. 많은 이들이 공감하고, 눈물 흘리며 자신의 고민을 일시적으로나마 덜어내고, 카타르시스를 느끼는 모습은 매우 인상적이었지요. 비록 그 순간이 지나면 또 다른 번뇌가 있을 것은 분명하지만, 며칠이라도 기쁨, 행복, 자유를 느끼고 삶의 새 희망을 만들어 내는 그 순간이 제게는 무척 놀라웠습니다. 절망과 고통 속에 있는 사람에게는 그 짧은 순간이 희망이 되는 것입니다. 화두선이 내면은 격렬하지만, 드러나지 않는 것과는 정반대의 영향을 주는 것이었지요. 일반인들이 재미없게 느껴지는 참선에 비해 확연히 다른 반응을 이끌어 냈습니다.

불교 수행 중 큰 갈래인 명상이 타 종교인, 일반인이 운영하는 명상센터가 꽤 많다는 것을 알았을 때, 몹시 안타까웠습니다. 우리 절에서만이라도 명상을 시작해야겠다는 생각을 굳혔습니다.

해탈, 열반이란 용어 대신 '행복'이란 단어를 쓰기 시작하고 신도들을 위한 쉽고 즐거운 명상프로그램을 만들었습니다. 하루, 또는 1박 2일 등 수련회를 겸한 '행복한 명상여행'은 '자신의 고뇌를 털어놓고, 서로 동감하며, 비워서 행복한 시간을 갖는다'는 좀 더 세속적인, 명백한 목표를 두고 진행되었습니다. 일상 속에서 찾아내는 명상 프로그램은 무궁무진합니다. 명상에 대한 동영상이나 자료도 풍부해서 효과를 설명하기도 쉬웠습니다. 또한 호흡과 관하는 힘을 얻고 명상을 즐기게 되면 화두선으로 바꾸어 주기도 훨씬 수월했지요. 모두가 명상을 즐겨하게 되었습니다.

'하루 명상여행'의 경우는 오전 10시에 시작해서 오후 3시에 끝납니다. 명상 방법은 호흡, 걷기, 춤, 놀이, 하늘보기, 비 맞기 등 환경, 날씨, 참여하는 대중 등등 모든 것이 고려돼 프로그램에 활용됩니다. 최대한의 긍정적인 에너지와 행복을 끌어내도록 준비합니다. 1박 2일 일정으로 시간이 넉넉할 때는 더 여유로워집니다. 특히 서로가 익숙해져 있는 밤 시간은 마음을 나누며 아픔을 공유하는 데 더없이 좋지요. 새벽 걷기 명상은 어둠 속에서 아침을 맞는 것처럼, 고통을 벗어나 희망을 이야기할 수 있습니다. 서로 이야기를 듣고 안아주면서 마음을 주고받습니다.

'걷기 명상여행'은 하루 종일 걸으며 쉬며, 이야기 나누고, 명상하며 자연을 바라보는 시간입니다. 서로의 속도를 맞추고, 배려하며 함께합니다. 몸과 마음이 모두 건강해집니다. 보다 동적(動的)인 시간이어서 우울증과 스트레스 등 모든 마음의 병을 완화시킵니다.

얼마 전에는 동해 바다를 걷고 명상하며 순례하는 시간이 있었습니다. 대구, 상주 등 멀리 있는 지역에서도 동참하고, 남녀노소 누구나 함께할 수 있습니다.

이렇게 명상여행에 참가한 가족들은 사랑과 추억을 쌓았습니다. 신도들은 소리 내어 웃으며 서로를 가족처럼 보살폈습니다. 마음껏 울고 눈물이 멈추면, 이윽고 웃음이 생깁니다.

명상을 꾸준히 하는 어느 보살님은 불면증이 사라졌다고 좋아했습니다. 무작정 따라 하는 것처럼 보였던 한 초등학생은 명상을 왜 하는지 알겠다고 말했지요. 대부분 화를 덜 내고 평온해졌다고 합니다. 소박한 기쁨을 통해 언제, 어디서라도 깊이 호흡하며 명상하려는 모습을 보는 것만으로도 족했습니다. 이러한 과정을 함께하니, 궁극의 깨달음을 추구하지 않는다고 실망하지도 않게 됐지요. 그 가운데 깨달음에 대해 진지하게 생각하고 정진하는 이들이 나타난 것은 뜻밖의 기쁨이었습니다.

화두를 드는 이들이 생겼고 열렬하게 정진했습니다. 열렬할수록 결과도 좋았습니다. 비록 가정과 직장에 속해 있지만 마음은 수행자로 살려고 노력하는 모습은 나 자신에게도 가르침이 됐으니, 좋은 점이 너무도 많았습니다. 큰스승을 찾아 떠나는 이들도 우리 절은 '친정'이자 '고향'이라고 말합니다.

마음 공부하는 도반들은 제2의 가족입니다. 오직 마음만으로 연결된 가족이지요. 평생 수행해야 하는 제게도 참으로 귀하고 소중한 인연들입니다.

07

기도를 멈출 수 없는 이유

어떤 거사님이 오셔서 불교는 깨달음의 종교이지 세속적인 복락을 구하는 종교가 아니라며 저에게 큰소리로 질타한 적이 있습니다. 매우 격렬해서 반론을 했다가는 큰일 나겠다는 두려움이 날 정도였습니다. 다양한 직업을 갖고 있는 많은 이들을 만나지만, 노골적으로 비난했던 이는 거사님이 유일합니다.

무속인이나 타 종교인도 승복을 입은 비구니 스님에게는 과격하게 대하지 않습니다. 한번은 지하철에서 노숙인이 다가와 성희롱을 할 때도 전혀 모르는 청년이 보호해주었으니, 비구니로 살면서 위협적으로 느낀 적이 거의 없었습니다. 점심 공양비를 대신 내어주거나, 살펴주는 이들이 항상 존재했으니까요.

기복 불교라는 오명은 오래전부터 있었습니다. 그래서 기도와 깨달음의 연관성에 대해, 그리고 깨달음과 어떻게 연결할지 고민한 적이 있었습니다.

기도를 멈출 수 없는 이유는 매우 간단합니다. 절을 찾아오는 초심자들은 대부분 삶에서 가장 어려운 시기를 겪고 있습니다. 기도는 세속적인 고통과 번뇌를 가장 빨리 잊게 하고 희망을 보게 합니다. 가족의 죽음이나 병고, 다툼 등으로 일어나는 심리적인 고통은 육체적인 병까지 만듭니다. 이를 해결하는 데 가장 큰 약이 기도입니다. 기도 삼매에 들면 번뇌가 일어날 틈이 없고 그 시간만은 온전히 고통에서 벗어나지요. 기도의 열기가 삶의 희망과 기쁨을 보게 합니다. 이렇게 입문한 이들이 불교공부와 수행을 하고자 한다면 이보다 더 좋을 수는 없습니다.

매달 초하루, 각 재일 기도 외에 정월 21일에는 다라니기도를, 백중 49일에는 〈금강경〉 독송, 10월에 다라니 108독을, 하안거에는 노천법당에서 관음기도를, 동안거에는 개별기도 숙제를 내어 줍니다. 자비도량참법 기도는 100회를 목표로 정진하고 있지요. 아마도 20년 정도의 시간이 걸릴 것 같네요. 그 외에도 1년 내내 기도가 끊어지지 않습니다.

자비도량참법 기도의 경우, 전통적으로 내려오는 참회기도이자 업장 소멸기도입니다. 빠른 독송으로 2시간 정도 소요됩니다. 잠깐의 틈도 없습니다. 육근의 모든 에너지를 온통 기도에 쏟아붓습니다. 초심자는 따라 하기도 바쁘지요. 내용이 현실적이며 구체적이라 독송하는 구절마다 자신의 업을 보고, 눈물 흘리기도 합니다. 그렇게 정신없이 땀 흘리며 기도하면 세상이 달라 보인다고 합니다. 몸에서 벌레가 나온다든가, 부처님 광명을 본다든가 하는 몽중가피를 입는 분들도 많지요. 병이 낫거나 소원이 성취되는 놀라운 일이 일어나기도 합니다.

물론 이러한 기적 같은 가피 외에도 대부분 행동이 달라집니다. 자신의 삼독(三毒)을 조금이라도 관하게 되면, 좀 더 상대를 배려하고, 작은 것에도 탐욕을 일으키지 않으려고 애쓰게 됩니다.

우연히 이 기도에 참석했던 경남 양산의 80세 노거사님은 6년 동안, 일부러 휴가를 내어 서울로 올라오기도 했습니다. 휴일에는 어린이, 청소년들도 동참합니다. 유튜브로 실시간 방송에는 많은 분들이 전국에서 동참하지요.

불교 기도는 매우 다양하고, 상황이나 대상에 따라 다르게 할 수 있어서 참 좋습니다. 또한 힘든 기도를 성취해서 자신과의 싸움에서 이기는 진정한 승자가 되는 기쁨은 가피 중에서도 최상의 가피입니다. 고난을 극복하고, 더 성숙해집니다. 그러니 기도는 소원을 성취하는 것뿐 아니라 도전과 성취감, 수행과 삼매, 번뇌를 벗어나게 하는 방편이 됩니다.

삼천 배 기도 때는 어린이, 청소년 법우들만 30여 명이 동참할 때가 있었습니다. 다리 아프다고 온통 몸살하며 투정하지만, 12시간 동안 삼천 배를 한 후에 인증사진을 올리고 친구들, 가족, 선생님에게 자랑합니다. 스스로를 자랑스러워합니다.

교환학생으로 독일 연수를 나가는 청소년 법우는 걱정하는 부모님을 향해 "삼천 배까지 했는데 걱정할 게 뭐 있냐"고 말했다 합니다. 성취감은 일상 생활에까지 큰 영향을 주는 것이지요.

우리들은 기도를 통해 기적을 성취하고, 마음의 고통을 치

유합니다. 물론 번뇌는 끊임없이 찾아오지만, 기도는 모든 것을 이겨내고 희망으로 세상을 보는 힘을 줍니다. 또한 기도하는 이는 삼보를 귀하게 여깁니다.

기도는 세간의 쓰디쓴 맛을 달콤한 맛으로 바꾸는 약입니다. 쓴 맛은 또 오겠지만, 그때마다 기도로 달게 바꾸면 됩니다. 또 기도를 오래 하면 모든 결과에서 자유로워지고 단순한 기복에서 벗어나 결정신(決定信)과 정진력을 얻습니다.

현재의 삶을 희망적으로 바꾸고 싶다면, 부처님 가르침대로 바른 기도를 하세요. 그 기도는 자신뿐 아니라 가족, 나아가 모든 인연들을 바꿉니다.

08

묵언, 고요할수록 나를 보는 나는 더욱 깊다

어느 영화에서 스님이 목에 '묵언(默言) 중'이라는 팻말을 걸고 있다가, 나중에 묵언을 풀게 되었는데 말이 너무 많아서 놀라는 장면을 본 적이 있었습니다. 말을 하지 않는다는 '묵언'은 어떤 의미일까요?

묵언은 스님들이 오직 수행에만 집중하고자 할 때, 밖의 경계를 굳게 단절하고 오롯이 화두에만 집중하기 위함입니다.

그러나 단순히 말을 하지 않는다고 해서 묵언 수행이 되는 것은 아닙니다. 영화에서처럼 하고 싶은 말이 많았음에도, 억지로 참고 있는 것은 묵언이라고 할 수 없지요. 목소리로 말을 하지 않았을 뿐, 마음에서는 평소보다 훨씬 더 많은 말을 하고 있기 때문입니다. 육근(六根)인 안이비설신의(眼耳鼻舌身意)를 통해, 대상인 육경(六境) 색성향미촉법(色聲香味觸法)을 향해 의식 활동을 한다는 뜻입니다. 즉 말은 닫았으나 눈은 여전히 보고 있고, 귀는 소리를 듣고 있으며, 코는 냄새를 맡고, 입은 맛을 맛보고 온갖 마음을 일으키고 있기 때문입니다. 마음속의 말을 더 많이 하고 있는 것이지요.

즉, 묵언 수행은 육근의 문(門)도 같이 닫는다는 뜻입니다.

우리 절에서는 1년 1번 절 전체가 묵언 수행을 합니다. 이 기간에 우리 절에 처음 온 부부가 있었습니다. 모든 대중이 묵언이라 정진만 할 뿐이었습니다. 그리고 휴식 시간에는 각자 다각실에서 차를 마시고 또 정진했습니다. 부부는 어떠한 인사도 하지 못한 채로 하루를 함께 지냈습니다. 그 후 우리 절에 열심히 다니며 봉사하며 지내는데, 가끔 그날 이야기를 합니다. 아무 말 없이 차를 마셨던 그 시간을 잊을 수 없다며, 너무도 즐거웠다고 했습니다.

침묵하는 시간이 오히려 더 뜻깊고 즐거웠으니, 참으로 인연 깊은 도반입니다.

하루 종일 사람들을 만나며 이런저런 이야기를 합니다. 하루 잠자기 전까지 내 입에서 흘러나간 말을 자신도 기억할 수 없을 정도입니다. 잠을 잘 때도 꿈을 꾸며 말을 하니, 잃어버린 말이 더 많을 겁니다. 또한 거칠고 독한 나쁜 말로 싸우고 비난하며, 서로서로 상처와 고통을 주고받습니다.

절에 와서 기도, 공부, 수행을 통해 번뇌를 끊고 마음 비운다고 하지만, 그 모든 것들도 말로 이루어지니, 쉬는 것이 쉬는 것이 아니고, 비우는 것이 비우는 것이 아닐 때가 더 많지요.

일이 많으면 생각과 말이 많아지고, 지치면 서로 부딪치기 마련입니다. 세상일이 복잡해지고, 사람들 간의 만남이 잦아질수록, 친해질수록 여러 가지 갈등이 생깁니다. 가족들과도 매일매일 말로 서로를 고통스럽게 합니다.

어머니와 딸이 상담을 왔습니다. 서로 전생에 원수였던지, 듣기만 하는 저도 마음이 아팠습니다. 두 사람에게 처음으로 7일간 묵언 기도 숙제를 주었습니다. 서로를 버려두고, 오직 묵언과 기도만 하도록 했지요. 기특하게도 두 사람은 숙제를 무척 잘했습니다. 그 이후 조금씩 서로를 받아들이고, 목소리도 낮추게 되었지요. 묵언 연습이 실제로 인연의 변화를 만든 것입니다.

이것이 우리 절에서 묵언 수행 기간을 가지게 된 계기였습니다.

처음에는 7일 동안 묵언 정진 기간을 공지하고 절에서뿐 아니라 집에서도 내내 묵언하게 했습니다. 절 구석구석에 '묵언 정진 중'이란 안내문을 붙이고, 수행에 동참한 분들에게는 이 안내문을 목에 걸거나 가지고 다니게 했습니다.

7일이 끝난 뒤 모여서 에피소드로 이야기꽃을 피웠습니다. 어떤 이는 하루, 또는 3일 등등 수행 성취는 다양했습니다. 처음에는 자기도 모르게 말이 튀어나오고 너무 힘들어서 포기할까 하는 마음도 들었다고 합니다. 나중에는 가족들이 뭘 하든 보지 않고, 듣지 않으며 아예 마음을 비우게 되니, 그 다음부터 아주 좋았다는 신도님들이 많았습니다.

답답하다는 남편, 잔소리 없어서 좋다는 아이들, 그런 걸 왜 하냐는 친구들, 반응은 가지가지였습니다. 절에서도 복잡한 갈등이나, 각자의 마음에 있던 숱한 번뇌들이 수행 기간 동안 사라졌습니다. 묵언 수행에 집중하는 동안 서로에게 일어난 일들이 모두 잊혀졌지요. 어려운 수행을 함께 성취한 도반애만 남았습니다. 이때 끝까지 7일을 모두 성취한 분이 20여 명이나 되었습니다.

그다음 해부터 양력 1월 초에 항상 3일 또는 7일 동안 묵언 정진을 합니다. 이 기간은 황금 같은 시간입니다. 직장에 다니시는 분들은 휴일 하루를 잡기도 합니다. 각자 자신에게 맞는 방법으로 동참하고, 절에 처음 오신 분들도 그날 하루는 묵언해야 합니다.

사시기도 시간에 다 같이 참선 정진하는 걸 제외하고, 그 외에는 자율이라, 화두를 들거나 명상을 하거나 울력을 하거나 하고 싶은 대로 합니다. 어떤 분은 2박 3일 동안 아예 절에서 지내며 참선만 하는 분도 있습니다. 서로 관여하지 않고 각자 하고 싶은 일을 합니다. 아무런 프로그램도 없이 그저 인연 따라 앉고, 차를 마시고, 구름을 보고, 걷습니다. 머리는 비워지고 마음은 채워집니다.

어느 해는 눈이 너무 많이 와서 눈을 치우다가, 눈 위를 뒹굴며 소리 없는 웃음으로 가득 채운 날도 있었습니다.

고요할수록 나를 보는 나는 깊습니다. 평소 마시는 차 맛, 걸음걸이도, 눈빛도 달라집니다. 더 따뜻하고 더 정겹고, 눈으로 주고받는 웃음은 순수합니다. 고개 끄덕이는 것만으로도 행복합니다. 이 기간을 지나면 서로에게 더 부드러워집니다. 궁극의 깨달음이 아니더라도 삶은 얼마든지 바꿀 수 있습니다. 작은 수행의 힘이라도 헛되지 않고 우리를 훨씬 더 행복하게 만듭니다.

불교의 마음공부는 세월과 관련이 없습니다. 길든 짧든 오직 행위로 드러날 뿐이지요. 그의 공부는 그의 행을 보면 안다고 했습니다. 조금씩 나아가면서, 붓다의 길에 함께 있다는 것만으로도 서로에게 기쁨이며 행복이 됩니다.

이 정진 기간 동안 모든 이들이 붓다의 길에서 온전히 행복하기를 발원합니다. 그래서 사실, 그 어느 누구보다 삭발염의(削髮染衣) 한 내게 더욱 소중한 시간입니다.

대한불교 조계종 관음선원·
관음불교대학·
하늘숲명상센터

우리 절 관음선원은 수많은 가피 이야기를 갖고 있는 정법 수행도량입니다. 기도와 포교, 수행정진, 봉사로 쉴 사이 없이 가르침을 세상에 널리 알리고 있습니다. 마음을 정화하는 명상 프로그램으로 종교를 떠나 모든 이들이 행복한 삶을 만들어 가도록 합니다.

창건에 관한 스님의 선몽 가피 이야기

무허가 지역의 인법당으로 있던 관음선원 관음불교대학은 창건주이자 주지인 금해스님의 주석으로 새로운 모습의 수행 기도 도량으로 태어났습니다. 처음, 스님께서는 부처님을 모실 수 있는 한 평의 공간만으로도 족하다는 마음으로 공부 수행처를 찾고 있었습니다. 도량을 만나기 전, 산과 계곡을 둘러싼 황금빛과 염불 소리가 끊이지 않는 꿈을 꾸었고, 작은 인법당은 무너질 듯했지만, 꿈과 같은 모습의 터를 만나는 순간 스님은 모든 열악한 환경을 잊었다고 합니다. 이후 기도를 통한 기적과 같은 가피가 이어지면서 현재의 정법 기도 수행 도량으로 널리 알려지게 되었습니다.

우담부처님 이운 봉안 기도 가피

무문관 천일 결사 도량 무일선원에서 이운한 우담부처님은 실제 우담바라꽃을 피우는 기적을 나타냈습니다.

금해 스님은 무일 우학스님께 석불과 탑 등 석물의 이운에 대한 청을 드리고, 기도 정진에 들어갔습니다. 매일 108배 기도, 어린이 청소년, 대중 전체 삼천배 기도, 대다라니 기도 정진, 자비도량참법 기도 등 모든 대중이 한마음으로 1년 동안 이운, 봉안 성취 기도를 올렸습니다.

동해 푸른 바다를 황금빛 용이 북으로 헤엄치며 올라오고, 바닷속 모든 중생이 함께 따르는 선몽 이후, 주지스님은 곧 이운 날을 정했습니다. 마침내 2014년 4월 5일, 우담부처님과 삼층탑 등을 관음선원으로 이운 봉안하였습니다.

그해 9월 11일(음. 8월 18일) 천진향 보살님이 도량 청소를 하다 속눈썹처럼 피어난 우담바라꽃 9송이를 발견했습니다. 우담바라꽃은 6개월 동안 가을, 겨울, 이듬해 봄까지 화현했습니다. 많은 대중들이 우리절 을 찾아와, 찬바람 부는 가을, 눈비 쏟아지는 혹독한 겨울, 이듬해 봄과 부처님 오신날까지 속눈썹 형태의 아름다운 기적의 우담바라꽃을 친견하였습니다.

우담부처님 천일 인연기도 불사 중입니다.

신장님들이 직접 청한 산신각 선몽 설화

현재 공덕법당은 무속인 노보살님이 살고 있던 50년 된 벽돌 슬레이트 무허가 집이었습니다. 주인의 잦은 변덕으로 매입을 포기했을 때, 스님께서는 신장님들이 찾아온 꿈을 꾸었습니다.

옛 선비 옷을 입은 수염이 하얀 할아버지와 나이 많은 어르신 5~6명이 찾아와 서류를 꺼내 보였습니다. 스님이 살펴보니, 무속인 노보살님의 집 서류였지요. 어르신들은 스님이 집을 사 주면 좋겠다며 부탁을 했습니다.

스님은 곤란해하며 “저도 마음이 있었으나, 무속인 보살님이 욕심으로 매번 흔들리니 계약이 안 됩니다. 더 이상 제가 할 수 있는 일이 없습니다.” 라고 답했습니다.

어르신들은 포기하지 않고 집과 터에 대해 좋은 점과 이점을 이야기하면서, 스님이 주인이 되면 우리가 참 편안하고 좋겠다면서 거듭 매입하기를 권했습니다. 스님은 꿈에서도 그분들이 전체 도량의 신장님들임을 아셨다고 합니다.

주지스님은 어쩔 수 없이 “정히 우리 절 대중이 되고 싶으시면, 보살님 마음은 직접 해결해 주세요. 그러면 제가 여러분들 자리는 만들어 드리겠습니다.” 하고 약속하고는 꿈에서 깼습니다.

정확히 3일 후, 무속인 노보살님이 찾아와서 결정을 내리니, 다음 날 바로 계약을 마무리했습니다.

약속대로 스님은 우리 절을 수호하시는 신중님들의 터를 가장 아름답게 건립하셨습니다. 바로 산신각입니다.

기적을 성취하는 관음선원·관음불교대학·하늘숲명상센터 기도 수행 봉사 단체

관음불교대학 학생회(유튜브 불교대학 실시간 강의)

20년 전통의 재미있고 체계적인 금해스님의 강의가 이루어집니다. 기초교리과정, 경전과정, 법사과정, 삼장법사과정, 대삼장법사 과정이 있으며 누구나 함께할 수 있습니다.

(매주 수요일 또는 주 1회 / 매월 1만 원 / 개강 별도 공지 / 개별신청)

〈관음불교대학 기본 2년 과정〉

기초교리과정, 예불(한글·한문), 천수경(한글·한문), 반야심경(한글·한문)

〈관음불교대학 개설 경전 과목〉

금강경, 법화경, 치문경훈, 법성게, 화엄경약찬게, 인도불교사, 53선지식 특강, 사십이장경, 불유교경, 육조단경, 아함경, 티벳사자의 서, 계율이야기, 숫타니파타와 명상, 금강경과 명상 특강, 원각경, 대보살의 실천 아함경, 생활 속 기도 천수경, 약사경, 마음공부 특강, 법구경과 나만의 경화집

자비도량참법 100회 20년 결사 기도 정진팀

매일 108대참회문을 올렸던 15년간의 기도 이후, 참회기도의 중요성을 대중과 함께 나누기 위해 발원한 자비도량참법 기도입니다.
삼업과 악업에 대해 직접적인 가르침을 설하며, 진실한 마음으로 참회할 수 있도록 하는 이 기도는 20년 동안 100회를 목표로 정진하고 있습니다.
평소 기도는 법당에서 봉행되며, 유튜브 생방송으로 함께합니다.
전국의 많은 불자들이 이 기도에 동참하고 있습니다.
(매주 토요일 오전 10시 / 대참회 기도를 통한 업장소멸 / 기도 개별 신청)

안거 수행기도 100일 정진

매년 스님들의 수행 기간에 이루어지는 특별정진기도 기간입니다. 여름에는 대자비관세음보살님을 모시고 대관음기도로 진행하며, 겨울에는 개인 수행과 기도를 함께할 수 있도록 합니다. 또한 스님의 지도로 안거 재가 선방이 열립니다.
(매년 하안거(여름), 동안거(겨울) / 일정 별도 공지 / 기도 신청, 상담)

하늘숲명상여행회

금해스님과 함께하는 명상 프로그램 중 하나로, 공부와 수행을 하는 분들의 정예 회원제입니다. 굳은 신심과 수행의 마음으로 기도와 순례, 명상 프로그램으로 이루어집니다. 국내외에서 1박 2일 또는 그 이상의 전문 수행 프로그램입니다.

(불교대학 학생회와 걷기명상팀, 자비도량참법 기도팀 연합 / 정예 회원제 / 참가신청, 개별 상담)

금해스님의 걷기명상 선재수행단

종교, 국가, 나이, 성별에 상관없이 누구에게나 열려있는 걷기 명상 프로그램입니다. 건강한 몸과 건강한 정신을 위해 열려있는 마음으로 만나는 무료 행사입니다. 100세 시대를 살아가는 이들에게 가장 중요한 수행 프로그램입니다.

(월 1회 이상 / 걷기 명상 장소, 일정 별도 공지 / 무료(준비물은 개별), 회원 신청 / 관음선원 하늘숲명상센터 주최)

어린이 청소년 법회 및 법사단, 후원회

20년의 역사를 갖고 모든 아이들의 행복을 위해 진행하는 법회. 스님의 가르침으로 모두가 가족처럼, 형과 아우처럼, 함께 웃고 서로를 살펴주는 마을과 같습니다. 성장하면서 필요한 도덕적인 생활, 자애로운 마음, 밝고 긍정적으로 성장하여 자신의 삶에 기뻐하는 어른으로 성장합니다. 명상, 놀이, 나들이, 순례, 특별 프로그램, 만들기 등등 다채로운 행사를 진행합니다.

(월 1회 / 어린이 청소년 누구나 가능 / 누구나, 무료 / 신청 상담)

청소년 마음등불
〈존귀한 나와 우리를 위한 행복한 마음여행〉

금해스님이 개발한 대한불교 조계종 포교원 인증 인성 프로그램으로 청소년을 위한 전문적인 명상 프로그램입니다. 청소년들의 성장기를 안정적으로 편안하고 열정적으로 지낼 수 있도록 합니다. 꿈과 희망, 그러면서도 스트레스를 원만하게 조절할 수 있도록 마음의 힘을 기릅니다.

스님과의 교류를 통해, 흔들리는 모든 순간을 성장의 힘으로 만들어 갑니다.

(1년 3~4회 / 청소년 누구나 선착순, 무료 / 일정 별도 공지 / 관음선원 하늘숲명상센터 주최)

관음선원 마야어머니회

자녀를 행복하게 키우고자 하는, 모든 어머니들의 마음 수행 모임입니다. 어린이 법회를 지원하고 어머니로서 존경받는 자신의 삶을 바라볼 수 있도록 합니다. 일반적인 취미 생활을 넘어, 불교 공부와 명상 수행을 하면서, 정신적인 평화와 가족의 화합, 건강한 가정을 이끌어 가기 위한 모임입니다.
(월 1회 / 어린이 법회 봉사활동, 정기모임 / 명상 나들이 연 2회 / 참가 상담)

금해스님 마을상좌 모임

금해스님을 평생의 스승, 부모로 인연 하여, 힘들고 어려운 삶의 모든 순간을 의논하고 의지하며, 수행 정진하는 모임입니다. 여러 대중들이 원할 때, 마을상좌 수계식이란 의식을 통해 공식적으로 진행됩니다. (별도 공지)

관음선원 운영위원회

스님을 곁에서 돕는 사찰 전반적인 운영에 대해 의논, 의결 단체입니다. 봉사와 사찰 모든 일에 정성을 다하며, 적극적으로 활동합니다. 우리 절 모든 부분에 큰 역할을 합니다.(연 4회 정기회의 / 학생 및 신도회 전체 / 회의 별도 공지)

관음선원 연화봉사단, 금강경 수행반

장례, 개업, 이사, 병문안 등 모든 경조사에 함께하며 기쁨과 슬픔을 나누는 기도 봉사단입니다. 역할이 큰 만큼 목탁, 염불, 기도, 상담에 대한 지도자급 과정의 공부 기간이 있습니다. 평소에 금강경 수지독송 수행이 필수입니다.

관음선원 해조음합창단

부처님의 가르침을 배우며, 아름다운 음성공양으로 법음을 전합니다.

모든 기도, 수행 및 단체는

언제나 동참 가능합니다.

언제든 상세히 안내해 드리오니,

금해스님과 행복한 마음 수행

함께하길 바랍니다.

〈문의〉 대한불교조계종 관음선원

서울시 노원구 상계로35가길 92

(서울 지하철 4호선 당고개역 도보 15분)

☎ 02-3391-4848

유튜브 채널: 〈관음선원금해스님〉

다음카페: 관음선원 관음불교대학